И. С. Тургенев
Стихотворения в прозе

屠格涅夫散文诗

[俄] 屠格涅夫 著 智量 译

人民文学出版社

图书在版编目（CIP）数据

屠格涅夫散文诗 /（俄罗斯）屠格涅夫著；智量译.
北京：人民文学出版社，2025. -- ISBN 978-7-02
-018972-4

Ⅰ．I512.24
中国国家版本馆 CIP 数据核字第 2024YM5269 号

责任编辑　李丹丹
装帧设计　黄云香
责任印制　宋佳月

出版发行　人民文学出版社
社　　址　北京市朝内大街166号
邮政编码　100705

印　　刷　河北环京美印刷有限公司
经　　销　全国新华书店等

字　　数　90千字
开　　本　850毫米×1168毫米　1/32
印　　张　6.25　插页3
版　　次　2025年2月北京第1版
印　　次　2025年2月第1次印刷

书　　号　978-7-02-018972-4
定　　价　36.00元

如有印装质量问题，请与本社图书销售中心调换。电话：010-65233595

目　录

屠格涅夫散文诗谈片　　001

第一部　Senilia　001

乡村　003

对话　007

老妇人　010

狗　014

敌手　016

乞丐　018

"你将听到蠢人的评判……"　020

心满意足的人　023

生活规条　025

世界的末日　027

玛莎　031

傻瓜　034

东方的传说　037

两首四行诗　041

麻雀　047

骷髅　049

做脏活的工人和白手的人　051

一朵月季花　054

末次相会　057

门槛　059

来访　062

Necessitas, vis, libertas　064

施舍　066

虫　069

菜汤　071

蔚蓝色的国度　073

老人   076

两个富翁   078

记者   079

两兄弟   081

纪念尤·彼·伏列芙斯卡娅   084

利己主义者   086

天神的宴会   088

斯芬克司   090

仙女   092

敌与友   096

基督   098

岩石   100

鸽子   102

明天，明天！   105

大自然   107

"绞死他！"   109

我会想些什么？   113

"玫瑰花儿那时多美，多鲜艳……"   115

海上航行   118

H.H.　121

留住!　123

僧人　125

我们还要战斗!　127

祈求　129

俄语　131

第二部　新散文诗　133

相逢　135

我怜惜　138

诅咒　140

孪生兄弟　142

鸫鸟（一）　143

鸫鸟（二）　146

没有个窝儿　148

酒杯　150

谁的过错　151

生活规条　153

爬虫　154

作家与批评家　　155

"啊，我的青春！啊，我的华年！"　　157

致×××　　158

我在崇山峻岭间漫步　　159

当我不在人世时……　　161

沙钟　　163

我夜里起来……　　165

当我独自一人……　　167

通向爱情的道路　　169

空话　　170

纯朴　　171

婆罗门　　172

你哭了……　　173

爱情　　174

真理与正义　　175

沙鸡　　177

Nessun maggior dolore　　179

在劫难逃　　180

呜——啊……呜——啊　　181

我的树　　185

屠格涅夫散文诗谈片

1877至1882年间，远居巴黎的屠格涅夫于衰老多病的晚年陆续写下八十余则带有诗性与哲理的简短文字，此乃作家人生末岁的感怀与沉思的零星记录，多为对往事的回忆，对所历事物的随感，也有对未来的展望，其书写形式多为抒情自白和哲性思索。这些随意而成的文字作家本人并不打算发表，只是"以词的圆润和朗声自娱"①，但显现其间的那份真挚的情感，深刻的论理，以及艺术上的精雕细琢，对大自然的敏感与独特描绘，构成他生命与艺术的绝唱，也于不经意间为俄罗斯文学创立了一种崭新的体裁，即散文诗。

---

① 《屠格涅夫作品与书信全集》（三十卷），莫斯科－列宁格勒，科学出版社，1967年，第18卷，第205页。

＊　　＊　　＊

　　《散文诗》是屠格涅夫人生的最后一部杰作，也是其一生创作的独特总结，"像是对屠格涅夫既往作品所作的回应"[1]。就其思想立意，散文诗《玛莎》《菜汤》《两个富翁》与作家本人的《猎人笔记》很是接近，一道揭示"老爷和农民"的关系甚或探讨二者精神世界谁更富有的命题；从《门槛》与《做脏活的工人和白手的人》中我们可以读到小说《处女地》的作家宏旨，后者反映了那个年代革命者与民众之间的相互隔膜与不理解，"白手人"的事业在民众看来只是谁也不需要的暴动，而俄罗斯庄稼汉对民粹派的苦难与牺牲不寄予任何同情，且专等享受革命者的牺牲。其实这种悲剧在小说《父与子》巴扎洛夫与村民的矛盾中也已经得到了预演。同样，从《门槛》女革命家身上我们同时看到《前夜》中"新人"叶莲娜的动人形象，两部作品中的"对话"有着异曲同工之妙。如果说《前夜》中的对话在很大程度上围绕着爱情，那么《门槛》中时隔二十年的新女性所追求的则是革命事业，由此显示出了俄国

---

[1] 格・比亚雷：《屠格涅夫》，见《俄罗斯文学史》，莫斯科－列宁格勒，苏联科学院出版社，1956年，第8卷，第391页。

社会生活的发展，同时我们看出，及至晚年的屠格涅夫，仍记得文学使命在于"反映时代前进的新动向和新趋势"[①]；散文诗《基督》是《猎人笔记》中《活尸》女主人公露凯莉亚基督梦的兑现，凸显其作品中基督教因素的深沉含义；论及自然景色描写，散文诗系列开篇《乡村》分明是《贵族之家》中的大自然复现，与第二十章中拉夫列茨基回归故里之心情构成和鸣，展现的是令每一个俄罗斯人倍感亲切的俄罗斯乡村立体画图！

十九世纪六十年代起屠格涅夫的小说热衷探讨的生、死、爱等主题，在散文诗中也得到了鲜明再现。屠格涅夫的神秘小说《够了》和《幽灵》中的主题也让其散文诗鸣响着宿命的调子，凸显生命的虚浮、死亡的命定难逃，让人生徒劳的思想在散文诗中形成死亡的人格化形象。比方说散文诗《老妇人》《虫》中一切都是虚妄的"烟"与"雾"，致人死亡的毒虫，将人带向坟墓的老太婆，而且死亡总是作为梦境、梦幻，其形象总是令人吃惊地具体；《老人》《没有个窝儿》《当我不在人世时……》《"玫瑰花儿那时多美，多鲜艳……"》《当我独自一人……》，

[①] 朱宪生：《天鹅的歌唱：论俄罗斯作家》，陕西人民教育出版社，1998年，第74页。

则与同时期写下的神秘小说达到了形神呼应。涅兹维茨基甚而将屠格涅夫近乎同一时期写下的神秘小说《爱的凯歌》、《死后》(《克拉拉·米利奇》)与《散文诗》视为一个整体,认为其一道"运用宇宙举隅法来写爱、幸福与义务,写大自然、天空、星辰,同时还有祖国俄罗斯、艺术、女人、青春……'生命的神秘力量'、死亡……"①。另外,爱之歌在散文诗《麻雀》中鸣唱得最为嘹亮,我们重又看到《猎人笔记》中的猎人,温和善良,目睹麻雀母亲舍身救子他得出了一生思索的总结,即爱"比死和对死的恐惧更强大。只是靠了它,只是靠了爱,生命才得以维持、得以发展",这一爱的墓志铭是对作家既往小说爱的描写的概括与升华。

* * *

在俄罗斯文学发展史上,屠格涅夫散文诗最受追捧之时当为"白银时代",这些微型作品曾让各流派诗人和作家沉醉其中。

象征派领袖人物梅列日科夫斯基明确表态他尤为喜欢屠格

---

① 亚·涅兹维茨基:《十九—二十世纪俄罗斯文学评论集萃》,纳尔奇克,"捷特拉格拉夫"资助出版,2011年,第248页。

涅夫的《散文诗》，喜欢其如梦似幻的缥缈神秘的爱情描写，以及通过象征、梦幻、预感等手段表现出来的神秘倾向，自觉认识了又一个屠格涅夫，宣称，屠格涅夫创作中的"小不点儿"（散文诗）比那些严肃的社会典型，如罗亭、拉夫列茨基、英沙罗夫等更珍贵，更不朽。此等观点带动了一批象征派诗人对屠氏散文诗的狂热崇拜，如巴尔蒙特、别雷、安年斯基、勃洛克等等。屠格涅夫的散文诗对诗人谢韦里亚宁的撼动是根本性的，原本狂放自傲的自我未来派诗人正是因为此，后期的诗作就其音调来说散发着屠格涅夫"迷人的忧郁"，一改以往横冲直撞的怪异诗风，而具备高品位的质朴和矜持。谢韦里亚宁临终前以散文诗《"玫瑰花儿那时多美，多鲜艳……"》为底色，嘱咐在其墓碑上刻下诗行："玫瑰花，将是（屠氏用的是过去时）多么鲜艳，多么美丽，/它被我的国家抛至我的灵柩"。

屠格涅夫与布宁有着同样的创作轨迹，即以诗歌登上文坛，以小说家彪炳于世，接近晚年都走向诗与散文的合成，前者的体现形式是散文诗，后者则是微型小说，但屠格涅夫的许多散文诗，如《玛莎》《施舍》《菜汤》等因其情节性与故事性被称"短小精悍，犹如微型小说，而且往往只限于叙事状物⋯⋯"①，而两位作家诗化散文的追求也使得布宁的散文有诗歌一样的匀整深邃，诗歌有散文一样的质朴晓畅。俄罗斯研究家们索性把布宁的一大部分"微型艺术佳作"，如《金龟子》《美人儿》《头等车厢》《罗锅背的罗曼史》《一封信》《前夜》《鹤》等归属于散文诗之列，它们具备屠格涅夫的抒情特质，其间包含着哲理和箴言，两位大师的抒情满载着诗的语汇、独特的句法结构以及特定的语言节律，他们的微型作品一般由两个层次构成，先是叙事，后是一番哲理思考和箴言式的结论。此外，无论就其景致描写、场景构筑、语言特色等等，布宁的小说《安东诺夫卡苹果》都与屠格涅夫散文诗《乡村》极其接近，两部作品像是出自同一作家之手，取自同一幅画面，像是同一构思的复制，是将细节和结构拆开而进行的独特的诗的对话。诗情画意再现屠格涅夫散文诗中故园俄罗斯美丽的还有布宁的微型小说《书》《仙鹤》《小教堂》《蚂蚁大道》等，借助其于异国孤独漂泊中抒发深沉的爱国主义情怀。

顺带说明的是，尽管布宁的大部分微型小说写于二十世纪三四十年代，且被公认为作家人生向晚之作，但就其自身

---

① 金留春：《诗人屠格涅夫（代前言）》，见《屠格涅夫诗选》，上海译文出版社，2018年，第5页。

的内容，就其总体情调却又常常被列入十九世纪末二十世纪初的文学范畴，其首要原因是，布宁是在革命年代离开俄罗斯的，他不可能理解和评价俄罗斯后来所发生的一切，因而"对他说来，'生活的钟点已经停止'，他的记忆已被对他未逃亡之前的那个时代的印象所填满，他能够描写的似乎只能是这段生活"①。

两位文学大师的文字都有着"诗的情思，诗的意境，诗的手法"，诗的哲理与概括，同时有散文的自由（不受诗的格律制约），散文的细腻，散文的精确。两位艺术家或是触景生情，或是以情状物，其文字都具备了散文诗的真挚、简洁、多主题、多声部的美学特征。

* * *

屠格涅夫是以他的散文诗亮相中国的。1915年，刘半农从英文翻译并发表了屠格涅夫四首散文诗，即《乞丐》《玛莎》《傻瓜》《菜汤》。自此，屠氏散文诗在中国不断被翻译，百年来已出版三十几个版本，彰显了其在中国的强大生命力和独特的思

---

① 列·尼库林:《契诃夫·布宁·库普林：文学肖像》，莫斯科，苏联作家出版社，1960年，第180页。

想艺术魅力，并拥获了一批崇拜者，如鲁迅、郭沫若、巴金、陆蠡、丽尼等名家。

人们常将鲁迅的《野草》和屠格涅夫散文诗作比较，这位中国新文化运动的"旗手"最钟情的屠格涅夫散文诗是《老妇人》《世界的末日》《骷髅》《做脏活的工人和白手的人》《门槛》《虫》《大自然》等，并受其影响写出了自己的散文诗，如《复仇（其二）》《过客》等等，鲁迅一些关于"梦"的散文诗无疑也是从屠格涅夫散文诗中得到启发。正是《做脏活的工人和白手的人》触发了鲁迅小说《药》的创作动因，乃至人物设计、行文结构都有明显的传承，其中"国民性"弱点以及先觉者与愚民"隔膜"的悲剧揭示，体现了中俄两国文学在这一主题和立意上的一脉相承。

* * *

《散文诗》虽是屠格涅夫垂暮之年的作品，却如夕阳劲照，焕发经久不衰的思想与艺术生命力，它为作家一生创作画上了圆满的句号，它的影响是深远的，也深受我国读者的喜爱。今天的《屠格涅夫散文诗》重新出版便是明证。

第 一 部

Senilia[①]

[①] 拉丁语,意为衰老的,此处可译为《衰老集》,是作者为这一部分散文诗所定的总题。

乡 村

6月的最后一天；周围一千里①都是俄罗斯 —— 家乡。

均匀的青蓝色染满整个晴空；天上只有一片小云 —— 不知是在飘拂呢，还是在消散。没有风，暖洋洋的……那空气 —— 像冒着丝丝热气的鲜牛奶！

云雀在脆声鸣啭；鼓着嗉子的鸽子在咕咕；空中，燕子悄无声息地一掠而过；马儿喷着响鼻，嘴里嚼个不停；狗不叫，都站在那儿，乖乖地摇着尾巴。

迎风飘来的像是炊烟味儿和青草味儿 —— 还有一丝焦油味儿 —— 一丝皮革味儿。大麻田早已茎叶茂盛，散发出浓重

---

① 这里指俄里。1俄里约等于1.06公里。

的但却是令人愉快的气息。

一条深深的、有着缓缓斜坡的峡谷。两旁长着几行上粗下细的爆竹柳。谷底湍湍流过一条小溪；透过亮晶晶的涟漪，细碎的小石块仿佛在溪底颤动。远方，天地相连的尽头，是大河画下的蓝莹莹的一条线。

沿着峡谷—— 一边是些整洁的小谷仓，双门紧闭的小房子；另一边是五六家木板房顶的松木农舍。家家屋顶上都竖立着高高的、挂着个椋鸟巢的竿子；家家小门廊上都有只鬃毛突起的刻花的小铁马。粗糙的窗玻璃上显出虹的色彩。窗台上放着涂满花卉的瓦罐。每间农舍门前都端端正正地摆着一条完好的长凳；猫儿在墙根边的土台上蜷缩成一团，警觉地耸起透明的耳朵；在高高的门槛后面，一家家的前堂里一片幽暗清凉。

我躺在峡谷边铺开的马衣上；四周—— 一垛垛新割下的、那香气令你感到困倦的麦草。机灵的主人们把草料摊在门前：让它在向阳处晒晒干，再放进草棚里！去上面睡一觉，那才美呢！

孩子们长着鬈发的脑袋从每个草垛子里钻出来；羽毛蓬松的母鸡在麦草中搜寻着小蚊子和小甲虫；一条白嘴唇的小狗躺在乱草茎中不停地踢腾。

几个长着淡褐色鬈发的小伙子穿着洁净的衬衫,腰带扎得低低的,套着镶边的沉甸甸的皮靴子,互相争抢着说俏皮话,胸脯贴在卸了马的大车上,彼此取笑。

一个圆脸庞的年轻女人从窗子里探出头来张望;她在笑,不知是笑他们的傻话呢,还是笑乱草堆里胡闹的孩子们。

另一个年轻女人用两只壮实的手把一只湿漉漉的水桶从井里提上来……桶在颤抖,在绳端晃动,溢出一长串闪光的水滴。

我面前站着一位农家老大娘,她穿一条新缝的家织格子呢裙,一双半高筒的新靴子。

她黑黑的、瘦削的脖子上挂着三圈空心大珠子,苍苍白发上包着一方带红点的黄头巾,头巾耷拉在暗淡无神的眼睛上。

然而,这双衰老的眼睛在亲切和蔼地微笑;整个布满皱纹的脸都在微笑。她老人家或许有七十岁了吧……但至今还看得出:当年她是个美人儿呢!

她张开右手黑黝黝的手指,捧着一瓦盆没撇过奶油的冷牛奶,是刚从地窖里取出来的;盆边上缀满小小的像珍珠似的奶滴。老人家左手把一大块还带热气的面包递给我。"吃吧,"她说,"随便吃点,过路的客人!"

一只公鸡忽然啼叫起来，忙不迭地扑打着翅膀；栏里的小牛犊为了呼应它，不慌不忙地长哞了一声。

"嗨！多好的燕麦哟！"只听见我的车夫说。

噢，俄罗斯自由乡村的富裕、安谧和丰足啊！噢，宁静和幸福啊！

我不禁忽然想到：即使是皇城①圣索菲亚教堂圆顶上的十字架，还有我们这些城里人孜孜以求的一切，在这儿对我们又算得了什么呢？

1878年2月

---

① 昔日俄国人对君士坦丁堡的称呼。

对 话

无论是在少女峰上，或是在黑鹰峰①上，都不曾有过人类的足迹。

阿尔卑斯山的峰巅……连绵的峭壁……群山的中心。

群山之上，是淡青色的、明亮的、静穆的天穹。凛冽而严峻的酷寒；坚硬的、闪烁着金色星点的雪；被狂风吹秃的、冰封的峭崖上，几块险峻的巨石从雪被下耸出。

两个庞然大物，两位巨人，矗立在地平线的两旁：少女峰和黑鹰峰。

于是少女峰对邻居说："有什么新鲜事好讲吗？你看得比

---

① 瑞士境内阿尔卑斯山的两个著名高峰。

我清楚。那儿下边有什么？"

几千年过去了：只是一刹那。

于是黑鹰峰隆隆地回答：

"密云正遮住大地……你等一会儿！"

又过去几千年：只是一刹那。

"喂，现在呢？"少女峰问道。

"现在看见啦。那儿下边还是老样子：花花绿绿、琐琐碎碎的。能看见蓝晶晶的海洋，黑黝黝的森林，灰扑扑的乱石堆。石块附近，一群小虫子还在那儿扭动，你知道，就是那些两条腿的、还不曾来玷污过你或我的东西。"

"人吗？"

"是的，人。"

几千年过去了，只是一刹那。

"喂——现在呢？"少女峰问道。

"小虫子看去似乎少些啦，"黑鹰峰隆隆地说，"下面变得清晰一些；海洋缩小了；森林稀疏了。"

又过去几千年：只是一刹那。

"你看见什么啦？"少女峰说。

"在我们旁边，离我们很近的地方，好像打扫干净了，"黑鹰峰回答,"哦,那边,沿着那些河谷,还有些斑斑点点,有什么东西在蠕动。"

"现在呢?"少女峰问道。这期间又过去几千年 —— 只是一刹那。

"现在好啦,"黑鹰峰回答,"到处都整齐干净了,全都是白色,不管你往哪儿瞧……到处都是我们的雪,一模一样的雪和冰。一切都停滞了。现在好了,安静了。"

"好的,"少女峰低声说,"不过咱俩也唠叨够了,老头儿。该打会儿瞌睡啦。"

"是的。"

两座庞大的山峰睡着了;永远沉默的大地上,青色的、明亮的天穹睡着了。

1878年2月

老妇人

我在宽阔的田野里行走,独自一人。

突然,我仿佛感到,有人在我背后轻轻地、小心翼翼地迈着步……有人踏着我的脚印在行走。

回头一望 —— 我看见一个矮小的、驼背的老妇人,全身裹在灰色的破衣衫里。只有老妇人的脸从这堆褴褛中露出来:一张菜色的、布满皱纹的、尖鼻子的、瘪嘴没牙的脸。

我向她走去……她站住了。

"你是谁?你想要什么?你是乞丐吗?你在等人施舍吗?"

老妇人没有回答。我俯身看她,她的两只眼睛上蒙着一层半透明的白翳,或者是一层薄膜吧,就像有些鸟儿的眼睛一样:

鸟儿就是用这层膜来挡住刺目的亮光的。

然而老妇人的那层膜却一动不动，也不让瞳孔张开来……我由此断定她是个瞎子。

"你想得到施舍吗？"我又问了一次，"你干吗跟在我后边？"然而，老妇人依旧沉默，只是稍稍蜷缩起身子。

我转过身去，走自己的路。

而我再次听见身后轻轻的，匀整的，仿佛是偷偷摸摸的脚步声。

"又是这个女人！"我想，"她干吗缠住我不放？"不过这时我又想："或许，她因为眼瞎迷了路，现在是根据脚步声跟着我，好跟我一道走到有人烟的地方去。对，对，是这样。"

然而，一种奇异的不安渐渐地控制了我的思绪：我开始觉得，老妇人不只是跟在我身后走，而且是在决定着我的方向，她在催促我时而向右，时而向左，而我却在不由自主地服从着她。

但我还是继续向前走……只见前方，我正走着的道路上，有一个黑黑的、宽宽的东西……是一个什么窟窿呀……"坟墓！"我脑子里一闪，"她是要把我向那儿推去！"

我猛地向后一转……老妇人又出现在我的面前……然

而，现在她看得见啦！她用一双又大、又凶、又恶的眼睛逼视着我……是一种猛禽的眼睛……我向她的脸，向她的眼睛逼近……又是原先那层朦胧不清的薄膜，那张瞎眼的迟钝的面孔……

"哎呀！"我想，"这个老妇人——是我的命运呀。这是人所无法逃脱的命运呀！"

"逃不脱！逃不脱！发什么疯呀？……应该试一试。"我转向一边，往另一个方向奔去。

我匆匆地走着……但是轻轻的脚步声依旧在我身后沙沙作响，离我很近，很近……而前方又是一个黑魆魆的大窟窿。

我又朝另一边转去……身后还是响着同样的沙沙声，前方还是同样可怕的一个黑斑点。

无论朝哪个方向，我都像一只被猎人追赶的兔子……全都一个样，一个样啊！

"停住！"我想，"我来骗她一骗！我哪儿也不去了！"于是我即刻往地上一坐。

老妇人站在我身后，离开两步远。我听不见她的声音，但我感觉到她是在那里。

这时我突然看见：那在远处隐隐出现的黑斑点浮动起来了，

向我爬来了!

　　天哪!　我回头一望……老妇人正两眼盯着我 —— 歪着没牙齿的瘪嘴在讪笑……

　　"你逃不脱的!"

1878年2月

狗

房间里是我们两个:我的狗和我。院子里呼啸着吓人的、疯狂的暴风雪。

狗趴在我跟前 —— 直盯着我的眼睛。

我,也望着它的眼睛。

它似乎想对我说点什么。它是个哑巴,它不会说话,它不了解它自己 —— 但是我了解它。

我知道,在这一瞬间,在它和我的心中都存在着同一种感觉,我们之间并无任何差别。我们是完全相同的;在我们心中燃烧着、照耀着的,是同样的一团忽闪忽闪的小火光。

死神飞来了,对着这火光,拍动它冰冷的宽阔的翅膀……

于是完结了!

事后谁会去分辨，在我们各自的心中燃烧过的到底是怎样的火光呢？

不！这不是一只动物和一个人在互相询视……

而是两双一模一样的眼睛在彼此凝注。

在这两双眼睛当中的每一双里，在动物心中和在人的心中——是一个生命在向另一个相同的生命怯生生地贴近。

1878年2月

敌 手

我有过一个同学——一个敌手；不是在功课上，不是在职务上或是爱情上；然而，我们的观点怎么也合不来，所以每一次，当我们相遇时，我们之间便会发生没完没了的争辩。

我们为一切争辩，为艺术、为宗教、为科学、为现世的和来世的——特别是为来世的——生活争辩。

他是一个信神的和感情热烈的人。

有一回，他对我说：

"你嘲笑一切；要是我死在你前面，我就从那个世界来见你……我要看看，你那时候还会嘲笑吗？"

而他，一点不差，死在我前面，当时他还很年轻，好些年过去了——我忘记了他的约言——忘记了他的威吓。

一天夜间，我躺在床上——不能，也不想入眠。

房间里既不暗，也不亮；我向着灰白的昏暗处凝望。

忽然，我仿佛看见，在两扇窗户之间站着我的敌手——正静静地和悲哀地从上到下点着头。

我没有被吓住——甚至也没有大惊小怪……我微微抬起身子，撑在一只臂肘上，更加凝神地望着那个突然显现的身影。

那身影继续在点头。

"怎么？"我说话了，"你是在得意呢？还是在惋惜？你这是在干什么：警告呢，还是责备？……或者你想让我了解，你过去错了？让我了解我们两人都错了？你现在感觉到什么？地狱的痛苦？天堂的幸福？你哪怕说一个字呀！"

然而我的敌手没有发出一点儿声音来——只是依旧悲哀地和温顺地点着头——从上到下。

我发出笑声……他消逝了。

1878年2月

乞 丐

我从街上走过……一个衰弱不堪的穷苦老人拦住了我。

红肿的、含泪的眼睛,发青的嘴唇,粗劣破烂的衣衫,龌龊的伤口……哦,贫困已经把这个不幸的生灵啃噬到多么不像样的地步!

他向我伸出一只通红的、肿胀的、肮脏的手……他在呻吟,他在哼哼唧唧地求援。

我摸索着身上所有的衣袋……没摸到钱包,没摸到表,甚至没摸到一块手绢……我什么东西也没带上。

而乞丐在等待……他伸出的手衰弱无力地摆动着,颤抖着。

我不知怎样才好,窘极了,我便紧紧地握住这只肮脏的颤抖的手……"别见怪,兄弟;我身边一无所有呢,兄弟。"

乞丐那双红肿的眼睛凝视着我;两片青色的嘴唇浅浅一笑 —— 他也紧紧地捏了捏我冰冷的手指。

"哪里的话,兄弟,"他口齿不清地慢慢说道,"就这也该谢谢您啦。这也是周济啊,老弟。"

我懂了,我也从我的兄弟那里得到了周济。

1878年2月

"你将听到蠢人的评判……"
—— 普希金①

你一向是说真话的，我们伟大的歌手；你这次也说了真话。

"蠢人的评判和冷漠群氓的嘲笑声"……对这两点又有谁不曾领教过？

所有这一切都可以 —— 而且应该忍受；谁能够做到 —— 就让谁来表示轻蔑吧！

然而有一些打击，它们刺痛着你的心坎，比什么都痛……一个人做了他力所能及的一切；努力地、热情地、忠实地工作……而一颗颗正直的心灵却嫌弃地躲开他；一张张正直的面

---

① 本诗标题出自普希金1830年《致诗人》一诗中的第三行。该诗第一节的四行分别为："诗人啊，不要去看重人们对你的爱心，热烈赞美你的瞬息的喧嚷将烟消云散；你将听到蠢人的评判和冷漠群氓的嘲笑声，但你务必要坚定、阴沉、安然。"

孔一听到他的名字便因愤怒而变得通红。

"躲开点儿！滚蛋！"一些正直的、年轻的声音对他嘶喊，"无论是你，还是你的劳动，我们全不需要；你玷污了我们的住所 —— 你不认识、也不理解我们 …… 你是我们的仇敌！"

这时这个人该怎么办呢？继续劳作，不要试图去辩白 —— 甚至不要企望有稍微公正一些的评价。

从前，庄稼人诅咒一个过路人，这位过路人给他们土豆 —— 穷人赖以度日的食物 —— 面包的代用品。他们把这份珍贵的礼物从那只向他们伸出的手中打落在地上，把它摔进泥土里，用脚践踏。

如今，他们依它为食 —— 而他们甚至不晓得恩人的姓名。

也罢！他的名字对他们又有什么意义？他，虽然无名，却把他们从饥饿中拯救了出来。

让我们只为一件事尽力吧：愿我们所带来的确是有益的食物。

从你所爱的人嘴里听到错误的谴责是苦涩的 …… 然而即使这样也是可以忍受的 ……

"打我吧！但是要听从我！"雅典的首领对斯巴达人说。①

"打我吧 —— 但是祝你健康和温饱！"我们应该这样说。

1878年2月

---

① 这位雅典首领名叫忒密斯托克利，这句话是他对当时反对他的正确意见的斯巴达人领袖欧里庇得斯说的。

心满意足的人

在京城的街道上,连蹦带跳地奔跑着一个年纪还轻的人。他的动作活泼、敏捷,目光炯然,唇上泛起得意的笑,面庞因激动而泛起兴奋的红晕……他全身上下 —— 都是满足和快乐。

他怎么啦?得到了遗产?升了官?急匆匆地赶去跟情人相会?或者他是吃了一顿很好的早餐,健康感、充沛的力量感在他的四肢中汹涌激荡?噢,波兰王斯坦尼斯拉夫啊!会不会是你把你漂亮的八角形十字架挂在了他的脖子上?

不是。他编造了一篇诽谤一位熟人的谎言,并且精心安排着传播了出去,他从另一位熟人口中听到它,听到了这个谎言 —— 而且他自己也相信了它。

噢，多么心满意足，甚至是多么善良啊，在这一刹那，这位可爱的、前途无量的年轻人！

1878年2月

生活规条

"假如您想痛痛快快让您的敌人伤透脑筋,甚至受到损害,"一个老奸巨猾的家伙对我说,"那么,您就用自己也有的那些缺点和恶行谴责他。您去大发雷霆地……谴责他吧!"

"首先——这会使别人以为,您没有这些恶行。"

"其次——您的愤怒甚至也会是真诚的……您可能从自己良心的责备中得到慰藉。"

"假如您,比如说,是个变节者——您就谴责敌人没有信仰!"

"假如您自己在灵魂深处是一个奴才——您就声色俱厉地对他说,他是个奴才……文明的奴才、欧洲的奴才和社会主义的奴才!"

"甚至可以说，没有奴性的奴才！"我指出。

"也可以这样说嘛。"老奸巨猾者马上接着说。

1878年2月

世界的末日

梦

我仿佛觉得,我是在俄罗斯的某一个地方,在一片荒野中,在一所简陋的农舍里。

屋子很大,很低,开着三扇窗,墙上抹着白粉;没有家具。屋前是一片空荡荡的原野;它缓缓倾斜,伸向远方;灰蒙蒙的、颜色单调的天空笼罩在原野上,像一幅幔帐。

我不是独自一人;屋内有十来个人跟我在一起。都是些普通人,穿着朴素的衣裳;他们默不作声地来回走动,好像很诡秘。他们互相回避——但是,却不断地互相交换着惶恐的目光。

没有一个人知道，自己怎么会到了这间屋子里，在一起的又都是些什么人？每个人的脸上都露出不安和忧郁的神情……大家依次走到窗前，仔细地张望，似乎在期待有个什么东西从窗外进来。

然后又踱起步来。有个身材不高的小男孩在我们当中晃来晃去；他不时用细弱、单调的嗓音抱怨地诉说："爹呀，我怕！"这哭诉声使我的心里难过——于是我也开始害怕起来……怕什么？自己也不知道。我只知道：一个巨大的、巨大的灾难正在降临，它越来越近了。

那孩子突然又哭了。哎呀，怎么才能离开这儿呀！多闷人！多难受！多苦恼！……可又不能逃脱。

那天空——恰像一张裹尸布。没有风……难道连空气也死了不成？

突然，那男孩一下子跑到窗前，用那同样的抱怨的嗓音叫起来：

"瞧呀！瞧呀！地塌啦！"

"怎么？地塌啦！"确实：屋前本来是一片原野，而现在这屋子兀立在一座巍巍大山的峰顶上！地平线陷落了，不见了，屋脚下便是那几乎垂直的、仿佛被劈开似的、黑压压的峭壁。

我们全都聚伏在窗前……恐惧使我们的心变得冰凉。

"它来啦……它来啦!"我身旁的一个人低声说。

远处,沿着整个大地的边缘,有个什么东西在移动,一些不大的、圆乎乎的小山丘在不停地起落。

"这是——大海哟!"我们大家在同一瞬间想到,"它马上就会把我们全都淹没掉……只是它怎么能涌起、涨高呢?怎么能涨到这悬崖上来呢?"

然而,海水在涌起,大量地涌起……这已经不是远处突现出的几个小山丘了……一片铺天盖地、无边无际的海浪席卷着四周所有的地平线。

海浪在飞腾,向我们飞腾!——它掀起一阵寒冷的狂风,卷来一片漆黑。万物在战栗——而那边,在那迎面飞来的庞然大物之中,有噼啪声,轰隆声,还有千万个嗓声呼喊出的粗厉的号叫……

啊!多么吓人的吼叫声和号啕声啊!是大地吓得发出了哀哭……

它的末日来临了!万物的末日来临了!

小男孩再次尖细地哭了一声……我本想一把抓住个同伴,然而我们都已经被那墨水般黑的、冰冷的、狂吼着的浪涛冲倒了,埋葬了,淹没了,卷走了!

  黑暗……永远的黑暗!

  我几乎透不过气,就醒来了。

1878年3月

玛　莎

过去，那是很多年以前的事了，我住在彼得堡，每当雇下一辆马拉雪橇车的时候，我总要跟车夫聊聊闲话。

我特别喜欢跟夜间赶雪橇的车夫们闲聊，他们都是些近郊的农民，赶着自己漆成土黄色的小雪橇和瘦弱的小马到京城来——盼望能养活自己，还能挣几个钱向老爷交租。

于是，有一回我雇了这样一个车夫……一个二十岁上下的、高个子、身材匀称的漂亮小伙子；蓝眼睛，红面颊；眉梢上低压着一顶打补丁的小帽子，露出一圈圈拳曲的亚麻色头发。还有，这件窄小的粗呢上衣是怎么套上这副魁梧的肩头的哟！

然而，车夫那张英俊的、没生胡须的脸似乎布满了悲伤和忧愁。

我跟他聊起来。他的声音里透露出哀怨。

"怎么啦,兄弟?"我问他,"你干吗不开心?有什么伤心事吗?"

小伙子没有马上回答我。

"有啊,老爷,有啊。"他终于说,"还是一件不能再糟的事儿呢。我老婆死啦。"

"你爱她……你爱你老婆?"

年轻人没回身看我,只把头微微垂下去。

"爱啊,老爷。已经八个月了……可我忘不掉。心里难受啊……真是的!怎么让她死呢?年轻!结实!……只一天工夫,霍乱就要了她的命。"

"她待你好吗?"

"唉,老爷!"这不幸的人重重地叹息一声,"我跟她一块儿过得多和睦啊!她死的时候我不在家。我在这儿刚得到消息,人家就,就已经把她埋掉啦,——我马上赶回村子,赶回家去。到家——已经半夜啦。我走进自家的小屋,站在屋当中,那么轻轻儿地喊一声:'玛莎!啊,玛莎!'只听见一阵蟋蟀的唧唧声。这时候我哭了,往小屋地上一坐——我用手掌往泥地上多狠地一拍哟！'贪得无厌的，'我说，'大肚皮啊！……你吞吃了她……你把我也吞掉吧！哎哟，玛莎呀！'"

"玛莎！"他突然又低低地唤了一声。两只手没松开缰绳，用衣袖揩去眼中的泪，抖一抖袖子，把它甩向一边，耸了耸肩头 —— 再没说一句话。

下雪橇时，我多给了他一个十五戈比的小钱。他双手捏着帽子，向我深深一鞠躬 —— 便以细碎的步子踏着平铺在空寂的街道上的雪，缓缓走去，这时，街上笼罩着一层正月严寒天气的灰蒙蒙的迷雾。

1878年4月

傻 瓜

从前有个傻瓜。

他长期过着快活的日子;然而渐渐地他听到一些流言,说到处都把他看作一个没头脑的俗物。

傻瓜觉得伤了面子。他开始犯愁,怎样才能止住这些讨人嫌的流言呢?

终于,一个突如其来的念头使他茅塞顿开……于是他毫不迟延,马上付诸行动。

一个熟人在街上遇见他——夸奖起一位知名的画家来……

"得了吧!"傻瓜大声说,"这个画家早就过时啦……您连这都不知道?——我真没想到您会是这样……您呀——落伍啦。"

熟人给唬住了 —— 立即同意了傻瓜的见解。

"我今天读了一本非常好的书!"另一位熟人对他说。

"得了吧!"傻瓜大声说,"您怎么不害臊呢? 这本书毫无用处;人们对它早就不屑一顾了。—— 这您不知道? 您呀 —— 落伍啦。"

于是这位熟人又给唬住了 —— 便也同意了傻瓜的见解。

"我的朋友某君是一位多么了不起的人!"第三位熟人对傻瓜说,"真是个高尚的人物!"

"得了吧!"傻瓜大声说,"某人吗 —— 出了名的流氓呀! 他把所有亲戚的钱财都给刮光了。这谁不知道? 您呀 —— 落伍啦!"

第三位熟人也给唬住了,便同意了傻瓜的见解,对这位朋友敬而远之。以后无论人家在傻瓜面前夸说哪个人有哪点好处 —— 他照例一律予以驳斥。

有时他还会加上一句责备的话:

"您还是一个劲儿地相信权威呀?"

"凶狠的人! 恶毒的人!"熟人们开始议论傻瓜,"不过头脑多么聪明呀!"

"口才又多好啊！"另一些人会接着说，"噢，他的确是个天才！"

结果是，一家报社的发行人请傻瓜去他那儿主持评论专栏。

于是傻瓜便开始去评论一切人和一切事，风格依然当年，连那些惊叹语也照旧。

如今，他这位不久前还大声疾呼反对权威的人 —— 自己成了权威 —— 年轻人崇拜他 —— 又惧怕他。

而他们又能怎么样，可怜的年轻人？虽然，一般说来，不该去崇拜 —— 然而，你当心点儿！不崇拜 —— 你就落伍啦！

在胆小鬼中间，傻瓜是活得下去的。

1878年4月

东方的传说

在巴格达，谁不知道伟大的伽法尔①，宇宙的太阳呢？

有一回，那是许多年以前 —— 他那时还是个年轻人 —— 伽法尔在巴格达郊外闲游。

忽然他听见一声嘶哑的喊叫：有人在绝望地呼救。

在同辈中，伽法尔以明白事理和考虑周到而闻名；但是他还有恻隐之心 —— 而且他自恃有气力。

他朝呼喊的方向跑去，看见两个强盗把一个衰朽的老人逼到城墙边上，他们抢了他的钱财。

伽法尔拔出剑来向恶人砍去；杀死一个，赶走一个。

---

① 伊斯兰教里的太阳神。

被解救的老人跪在恩人脚下，吻着他的衣裾，大声说：

"勇敢的年轻人，你的侠义行为不会得不到奖赏的。外表上，我是个瘦弱的乞丐；不过这只是外表上。我这人并不寻常呢。明天清早你上大市场来，我在喷水池旁边等你——到时候你就会知道我的话是真的了。"

伽法尔想："外表上这人是个乞丐，不假；但是——无奇不有啊。干吗不试试看？"便回答说：

"好的，老伯伯，我来。"

老人望了他一眼——便走了。

次日早晨，东方微明，伽法尔到市场去。老人已经在等他，一只手肘撑在喷水池的大理石盘上。

他一言未发，抓起伽法尔的手，带他走进一个不大的花园，四周是高高的围墙。

花园的正中央，一小片绿草地上，长着一棵样子奇特的树。

它像一株柏树，只是叶子是天蓝色的。

细细的、朝上弯曲的枝条上挂着三只果子——三只苹果：

一只，中等大小，椭圆形的，乳白色；另一只，大的，圆形，鲜红色；第三只，小的，皮上打皱，淡黄色。

整棵树在瑟瑟作响，虽然没有刮风。它的响声清细而凄婉，好像玻璃的声音；似乎它感觉到伽法尔正在走近它。

"年轻人！"老人说话了，"从这些果子当中随便摘一个吧，但是要知道：摘白的吃——你会比别人都聪明；摘红的吃——你会像犹太人洛希尔德①一样有钱；摘黄的吃——你会讨得老太婆们的欢心。决定吧！……别迟延！一小时以后果子就枯干了，连这棵树也会陷入沉默的大地深处！"

伽法尔低下头去——他沉思起来。

"这怎么办呢？"他低声说，好像自己在跟自己商量，"变得太聪明——或许，就不想好好过日子了；变得比人家都更有钱——人人都会忌妒你；我最好是摘吃第三个苹果，皱皮的苹果！"

他这样做了；老头儿没牙齿的嘴巴发出笑声，并且说：

"噢，聪明绝顶的年轻人！你做了最有利的选择！白苹果

---

① 洛希尔德（1743—1812），曾是世界知名的大富翁。

对你有什么用？你这已经比所罗门①还聪明了。红苹果对你也没用……没它你也会富有的。世上唯独你的财富是任何人也不会去忌妒的。"

"告诉我，老人家，"伽法尔精神一振，说，"我们的神所保佑的哈里发②的尊贵的母亲住在哪里？"老人鞠躬到地——把路指给年轻人。

在巴格达，有谁不知道这宇宙的太阳，伟大的、著名的伽法尔呢？

1878年4月

---

① 所罗门是公元前10世纪的以色列国王，以聪明智慧著称。
② 伊斯兰教国家统治者的称呼。

两首四行诗

从前,在一座城市里,居民们狂热地喜爱诗歌,若是一连几周不见有新诗出现——他们便会把这种诗坛的歉收视作社会的不幸。

那时,他们穿上自己最破的衣衫,头上撒满灰土——聚集在各个广场上,痛哭流涕,悲伤地向抛弃了他们的诗神怨诉。

在这样一个不祥的日子里,青年诗人尤尼乌斯来到一个挤满悲痛人群的广场上。

他快步登上特别搭起的高台——做一个手势,表示他想要朗读一首诗。

官厅的卫士们立刻挥动权杖①。

---

① 古罗马官员的卫士们所执的象征权力的棍棒。

"安静！注意！"他们高声呼喊 —— 人们静下来，等待着。

"朋友们！伙伴们！"尤尼乌斯开始了，声音洪亮，但却不十分坚定：

> 诗歌爱好者们！朋友们！伙伴们！
> 一切和谐与优美事物的崇拜者们！
> 愿一时阴郁的忧伤不会使你们困窘！
> 盼望的时刻将会来临……光明将驱散黑暗！

尤尼乌斯停住了……作为对他的回答，广场上四面八方响起了吵嚷声、呼哨声和嬉笑声。

所有朝向他的面孔都燃烧着愤怒，所有的眼睛都闪烁着仇恨的光芒，所有的手都高高举起，威胁他，攥紧着拳头！

"你想用什么来哗众取宠！"许多声音怒吼道，"平庸的诗匠！从台上滚下去！傻瓜！滚开！给这个插科打诨的小丑吃烂苹果，臭鸡蛋！拿石头来！把石头递过来！"

尤尼乌斯一头从台上栽下来……然而他还没跑到家门，耳边就传来雷鸣般的热烈鼓掌声、喝彩声和喊叫声。

他满心疑团，但却极力不被人发觉（因为激怒发狂的野兽是危险的）——尤尼乌斯回到了广场上。

那么他看见了什么呢？

在人群之上，越过人们的肩头，高高地立在一块浅盘形的金色盾牌上，披一件紫红色希腊厚呢斗篷，飘飞的鬈发上压着一顶桂冠，那是他的竞争对手，年轻的诗人尤利乌斯……周围人声鼎沸。

"光荣啊！光荣啊！不朽的尤利乌斯，光荣啊！他在悲愁中，在我们极其痛苦的时刻安慰了我们！他给我们的诗句比蜜还甜，比锣还响，比玫瑰花还香，比蓝天还清澄！庄严地把他抬起来吧，用轻柔的馨香熏他富有灵感的头，用棕榈枝均匀地扇动，让他的前额清凉，把阿拉伯没药①全部的芬芳都撒在他的脚下！光荣啊！"

尤尼乌斯走到一个高喊着"光荣"的人身边。

"请告诉我，噢，我的同胞！尤利乌斯用怎样的诗句使你们感到了幸福？可惜哟！他念诗的时候我没在广场上！你如果记得，请你背一遍，求求你！"

"那么美的诗——会记不得吗？"被问的人热情地回答，

---

① 一种阿拉伯香料。

"你把我当成什么人啦？听着——你也欢呼吧，跟我们一道欢呼吧！"

"诗歌爱好者们！"被人们奉若神明的尤利乌斯是这样开头的……

> 诗歌爱好者们！伙伴们！朋友们！
> 一切和谐、响亮、温柔事物的崇拜者们！
> 愿一时沉重的悲痛不会使你们困窘！
> 盼望的时刻将会来临……白昼将驱散黑夜！

"如何？"

"老天爷！"尤尼乌斯叫起来，"这是我的诗呀！当我念诗的时候，尤利乌斯一定是在人群里——他听见我的诗，稍稍改动几个词儿——而且，当然啰，改得并不高明——就照样背出来了！"

"好哇！现在我认出你来啦……你就是尤尼乌斯，"被他拉住的公民紧锁双眉驳斥说，"忌妒鬼，要不就是个蠢货！……你只须想一想，倒霉的家伙！尤利乌斯说得多高尚：'白昼将驱散黑夜！……'可你——怎样的一派胡言：'光明将驱散黑暗'？什么光明？什么黑暗？"

"但是，难道这不是一回事儿吗？……"尤尼乌斯刚刚开口说……

"你再敢说一句，"这位公民打断他，"我就喊人……他们会把你撕成碎片的！"

尤尼乌斯识相地不再吭声了，有一位白发老人听见他和这位公民的谈话，走到可怜的诗人跟前，一只手放在他的肩头上，说：

"尤尼乌斯！你说的是自己的东西——但是你说得不是时候，那个人说的不是自己的东西——但是他说得是时候。所以，他是对的——而你只好用你自己的良心去自我安慰了。"

然而当良心——竭尽全力……说真话，却干得颇为不顺——安慰着被挤在一旁的尤尼乌斯时——远处，在雷鸣般和浪涛般的欢呼声中，浴着所向无敌的太阳的金色尘埃，紫红色斗篷闪着光，阵阵馨香的烟雾如波浪起伏，簇拥着一顶载沉载浮的桂冠，仿佛一位走向自己王国的君主，尤利乌斯那傲然挺起的身影庄严而缓慢地，从容不迫地向前移动着……棕榈树长长的枝条轮番在他面前拜揖，轻轻地抬起，又恭顺地落下，仿佛用这种动作来表现被他迷醉的同胞们心中所充满着的不断更新的崇拜!

1878年4月

麻 雀

我打猎回来,走在花园的林荫路上。狗在我面前奔跑。

忽然它缩小了脚步,开始悄悄地走,好像嗅到了前面的野物。

我顺着林荫路望去,看见一只小麻雀,嘴角嫩黄,头顶上有些茸毛。它从窝里跌下来(风在猛烈地摇着路边的白桦树),一动不动地坐着,无望地叉开两只刚刚长出来的小翅膀。

我的狗正慢慢地向它走近,突然间,从近旁的一棵树上,一只黑胸脯的老麻雀像块石头一样一飞而下,落在狗鼻子尖的前面 —— 全身羽毛竖起,完全变了形状,绝望又可怜地尖叫着,一连两次扑向那张牙齿锐利的、张大的狗嘴。

它是冲下来救护的,它用身体掩护着自己的雏儿……然而它那整个小小的身体在恐惧中颤抖着，小小的叫声变得蛮勇而嘶哑，它兀立不动，它在自我牺牲！

一条狗在它看来该是个多么庞大的怪物啊！尽管如此，它不能安栖在高高的、毫无危险的枝头……一种力量，比它的意志更强大的力量，把它从那上边催促下来。

我的特列索尔①停住了，后退了……显然，连它也认识到了这种力量。

我急忙唤住惊惶的狗——肃然起敬地走开。

是的，请别发笑。我对那只小小的、英雄般的鸟儿，对它的爱的冲动肃然起敬。

爱，我想，比死和死的恐惧更强大。只是靠了它，只是靠了爱，生命才得以维持、得以发展啊。

1878年4月

---

① 作者的狗的名字。

骷 髅

一间陈设豪华、灯火通明的大厅；许多男女宾客。

每张面孔都精神饱满，所有言谈都舒畅兴奋……正在叽叽喳喳地议论着一位知名的女歌唱家，称她是神一般的，不朽的……噢，她昨晚那最后的颤音唱得多美！

而突然间 —— 仿佛魔杖一挥 —— 每一颗人头上、每一张面孔上那细薄的皮肤都脱落了 —— 瞬息间露出了骷髅的死白色，牙床和颧骨裸露在外，到处闪动着灰白色的锡一般的光。

我恐惧地张望着，看这些牙床和颧骨怎样移动和颤抖 —— 看这些疙里疙瘩的骨球儿怎样在灯烛的照耀下一边转动，一边闪着光。看另一些更小的球儿 —— 那些已经不能传达任何意义的眼珠子 —— 怎样在大骨球儿里旋转滚动。

我不敢摸自己的面庞，不敢对镜子照一照自己。

而这些骷髅仍旧在不停地转动……像原先一样叽叽喳喳，在龇露的牙齿后面，像一块块红布片儿似的，闪现出一条条灵巧的舌头，正喋喋不休地议论着那位不朽的，对！不朽的女歌唱家，说她那最后一个颤音唱得多么奇妙，多么无与伦比！

1878年4月

做脏活的工人和白手的人

对 话

做脏活的工人：你干吗来纠缠我们？你想要什么？你不是我们的人……走开！

白手的人：我是你们的人，弟兄们！

做脏活的工人：但愿如此！我们的人？你想得真美！你就瞧瞧我这双手吧。看，它们有多脏！又是大粪味儿，又是柏油味儿，——可瞧你那双手，白白净净的。它们有什么味儿吗？

白手的人（伸出自己的手）：你闻。

做脏活的工人（闻手）：真奇怪！好像是一股子铁腥味儿。

白手的人：正是铁腥味。整整六年了，我手上戴着手铐。

做脏活的工人：这又是为什么呢？

白手的人：这是因为，我关心你们的福利，想要解放你们这些庸碌的、愚昧的人，我起来反对压迫你们的人，我造了反……哦，人家便把我关在牢里。

做脏活的工人：关在牢里？你何苦去造反呢？

两年后

同一个做脏活的工人（对另一个）：喂，彼得！……你记得吗，前年有那么一个白手的人跟你①谈过话？

另一个做脏活的工人：记得呀……怎么？

第一个做脏活的工人：你听着，今天要把他绞死呢；命令下来了。

第二个做脏活的工人：他还造反？

第一个做脏活的工人：还造反。

第二个做脏活的工人：啊……我说，是这么回事儿，米特

---

① 此处原文似有误，应为"我"，或者上文不是"同一个做脏活的工人"。

莱兄弟；我们能不能把那根绳子搞到手，就是绞死他的那根；人家说，这玩意儿能给家里带来大大的好运呢！

第一个做脏活的工人：你说得对。应该搞到，彼得兄弟。

1878年4月

一朵月季花

八月的最后几天……秋天已经迫近。

日落西山。一阵突如其来的急雨,没有雷声,没有闪电,刚刚从我们广阔的原野上掠过。

屋前的花园光辉灿烂,雾气蒸腾,洒满霞光和水珠。

她坐在客厅的桌前,在深长的沉思中透过半开半掩的门,凝视着花园。

我知道那时她心中在想些什么;我知道,在一场时间不长却痛苦万分的斗争之后,她此时此刻对一种感情让步了,她已经无法克制这种感情。

忽然她站起身来,敏捷地走进花园,隐没在园中。

一小时过去了……又是一小时;她没有回来。

这时我站起来,走出屋子,走上林荫道,她就是——我无疑知道——沿这条路走去的。

四周全黑下来了;夜已降临。然而在小径潮湿的沙土上,显出一个圆圆的东西来,它透过浓重的夜色,灿灿发红。

我俯下身去……那是一朵鲜嫩的刚刚绽开的月季花。两小时以前,我看见这朵花正缀在她的胸前。

我小心翼翼地拾起这朵落入污泥中的小花,回到客厅里,我把它放在桌子上,放在她的安乐椅前。

她终于回来了——轻步穿过厅堂,在桌前坐下。

她的脸色苍白了,也活泼了;一双低垂的,好像变小了的眼睛带着愉快的惶惑向四周扫视。

她看见了那朵月季花,把它抓在手中,望着它揉皱的带泥的花瓣,又望我一眼——而她的眼睛骤然间停住不动了,眼里闪耀着泪珠。

"您为什么哭?"我问。

"啊,我为这朵月季花。您瞧,它成什么样子啦。"

这时我想到要说一句含有深意的话。

"您的泪会洗净这些污垢的。"我做出一种意味深长的表情。

"眼泪不会清洗，眼泪会燃烧。"她回答说，一边转向壁炉，把那朵小花掷进将熄的火焰中。

"火比眼泪燃烧得更旺些。"她不无勇气地慨叹一声，而那双美丽的、还在闪烁着泪花的眼睛，放胆地、幸福地笑了。

我明白，她也在被火燃烧着。

1878年4月

末次相会[1]

我们曾是亲密无间的朋友……然而,一个不幸的时刻来到了——我们像敌人一样分了手。

许多年过去……这时,我来到他所住的城市,还听说他已病危,希望跟我见一面。

我去找他,走进他的房间……我们的目光相遇了。

我几乎认不出他了。上帝!疾病把他折磨成了什么样子!

蜡黄,干瘪,头顶全秃,一撮窄窄的灰白色胡子,穿一件故意撕开的衬衫坐在那里……他连一件最轻薄的衣服的压力也承受不住了。他急遽地向我伸出一只瘦得可怕的、似乎被啃

---

[1] 本篇记述了作者于1877年与诗人涅克拉索夫的末次相会。

光了肉的手，费力地低声吐出几个含混不清的字 —— 是问候，还是责备 —— 谁知道？消瘦的前胸起伏着 —— 而在烈火燃尽的眼睛里，那缩小了的瞳孔上滚动着两颗吝啬的、痛苦的小泪珠。

我的心沉下去了……我坐在他身边的椅子上 —— 面对那种可怕和丑陋，我不由自主地垂下了眼睑，也伸出手去。然而我仿佛觉得，握着我的手的并不是他的手。

我仿佛觉得，在我们之间坐着一位修长、安静、洁白的女人。她从头到脚裹着一件长长的外衣……她一双深邃、灰白的眼睛什么也不看；她苍白、冷峻的嘴唇什么也不说……

这个女人把我们的手联结在一起……她使我们永远和解了。

是的……死神使我们和解了……

1878年4月

门 槛

梦

我看见一幢巨大的楼房。

下面墙上是一道敞开的狭门,门里——阴森黑暗。高高的门槛前站立着一个姑娘……一个俄罗斯姑娘。

那望不透的黑暗散发出寒气;随着冰冷的气流,从大楼深处传出一个缓慢、重浊的声音。

"噢,是你呀,你想跨过这道门槛,你可知道,是什么在等待着你吗?"

"知道。"姑娘回答。

"寒冷、饥饿、憎恨、嘲笑、轻蔑、委屈、监牢、疾病,还有死亡本身?"

"知道。"

"彻底的隔绝,孤独?"

"知道……我准备好了。我能忍受一切痛苦、一切打击。"

"不仅敌人的打击——而且是亲人的、朋友的打击?"

"对……即使是他们的打击。"

"好。你准备去牺牲?"

"对。"

"去做无名的牺牲?你会死掉——而没有人……甚至没有人知道,他满怀尊敬所纪念着的人是谁!……"

"我既不需要感激,也不需要怜惜。我不需要名声。"

"你准备去犯罪?"

"我也准备去犯罪。"

姑娘埋下了她的头……

那声音没有马上重新提出问题。

"你知道吗,"她终于又说话了,"你可能放弃你现在的信仰,你可能认为你是受了骗,是白白毁掉了自己年轻的生命?"

"这我也知道。反正我想要进去。"

"进来吧!"

姑娘跨过了门槛 —— 于是一张重重的帘子在她身后落下。

"傻瓜!"有人在后面咬牙切齿地骂她。

"圣女!"从某个地方传来这一声回答。

1878年5月

来 访

我坐在敞开的窗前……清晨，5月1日的清晨。

朝霞尚未显露；不过黑暗、温暖的夜已在泛白，已在转冷。

不起雾，也没有微风荡漾，万物都是同一种色调，都悄无声息……然而你可以感觉到苏醒时刻的临近——在稀薄的空气中散发着露水那清冽、湿润的气息。

突然，穿过敞开的窗，带着轻轻的拍翅声和簌簌声，一只大鸟飞进我的房间。

我一哆嗦，望过去……那不是一只鸟，那是一个生着翅膀的小女人，穿着一件紧身的、长长的、波浪形向下垂荡的外衣。

她全身是灰白的珠贝色；只有两只小翅膀的底面像盛开的

玫瑰花一样泛出娇艳的嫩红；圆圆的小头上，一只铃兰编织的花环束起她散乱的鬓发，并且，两根孔雀毛像蝴蝶的触须似的，在她美丽的、突起的小额头上有趣地摆动着。

她在天花板下飞舞了两圈，小巧的脸在笑；大大的、黑黑的、明亮的眼睛在笑。

恣意飞翔的快乐游戏给这双眼睛增加了钻石般的光芒。

她手执一枝草原小花的长茎：俄国人把它叫作"沙皇的权杖"——它也确实像一根权杖。

她掠过我的头顶，用那朵小花触我的头。

我向她扑去……而她已经轻盈地飞出窗外——一溜烟去了。

花园里，丁香丛中，斑鸠用它清晨第一次的咕咕声欢迎她——而那边，她隐没的地方，乳白色的天空静悄悄地变红了。

我认出你了，幻想女神！你只是偶然来访问了我一次——你是向那些年轻诗人飞去的。

啊，诗歌！青春！女性的、处子的美！您如今只可能瞬息间来我的面前闪现一下——在这个早春的早早的清晨！

1878年5月

Necessitas, vis, libertas[①]

一块浮雕

一个身材修长、瘦骨嶙峋的老妇人,铁一般的面孔,眼神呆板迟钝,正大踏步向前走,同时用她枯槁得像根棍子样的手臂推搡着她前面的另一个妇人。

那妇人身材粗大、强壮、肥胖,一身的肌肉像是长在赫克里斯[②]身上,牛似的脖颈上一颗小小的头 —— 而且还是个瞎子 —— 她也推搡着一个矮小的、瘦瘦的女孩。

只有这个小姑娘的眼睛是能看见的;她在反抗,她转过身

---

① 拉丁语,意为必然、力、自由。
② 希腊神话中力大无比的英雄。

去，举起一双纤细、漂亮的手；她生气勃勃的脸上表现出烦躁和果敢……她不想顺从，她不想走向她们推她去的地方……但毕竟还是得服从并且向前走。

Necessitas, vis, libertas.

谁愿意 —— 便让他去翻译吧。

1878年5月

施 舍

一座大城市附近，宽阔的大道上走着一个病恹恹的老人。

他蹒跚而行；一双干瘦的脚趔趄不前，拖曳着，东倒西歪，沉重地、无力地向前迈步，好像这是别人的脚似的；一件衣服像破布片一样挂在身上；无帽的头低垂在胸前……他已疲惫不堪。

他在路边的一块石头上坐下，身体向前倾俯，两肘支撑着，双手遮住脸——透过弯曲变形的手指缝隙，泪水滴落在干燥的灰色尘土上。

他在回想当年……

他回忆起他曾经怎样强壮而富有，怎样糟蹋了健康，又把钱财滥用在别人、朋友和敌人身上……而现在他连一片面包

也没有 —— 人人都抛弃了他，朋友比敌人走得更快……难道他会低贱到乞讨施舍的地步？他心中感到痛苦和羞愧。

而泪水仍在不停地流呀流，洒落在灰色的尘土上，斑斑点点。

忽然他听见有人叫他的名字；他抬起疲倦的头，看见一个陌生人站在他面前。

那面孔是沉静、庄重的，但并不严厉；两眼不带光芒，但却明亮；目光逼人，但并不凶恶。

"你花光了你的钱财，"只听见一个平静的声音在说，"不过要知道，你并不后悔你以前做过的善事吧？"

"不后悔，"老人叹息一声回答说，"只是我现在要死了。"

"若是世上没有那些向你伸过手的乞丐，"陌生人继续说，"就没有人可以任你去表现善心了，你就不可能去行善了，是吗？"

老人没有回答 —— 他在沉思。

"那么你现在也不必骄傲了，可怜人，"陌生人又说下去，"你也把手伸出来，你也去给别的善心人一个实际表现他们善心的机会吧。"

老人猝然一震，抬眼望去……但陌生人已经无影无踪；而远处大路上出现了一个行人。

老人走向他 —— 伸出手来。行人面色严厉，背转脸去，什么也没有给他。

但是他身后又走来另一个人 —— 这人给了老人一点儿施舍。

老人用这几个小钱买了面包 —— 他觉得乞讨来的这点儿面包很香甜 —— 心中也不感觉羞愧 —— 相反地，他脸上浮现出平静的快乐来。

1878年5月

虫

我梦见,我们总共大约二十人,坐在一间敞开窗子的大房间里。

我们中间有妇女、孩子、老人……我们都在谈论着某一个人人都很熟悉的话题——说得热闹又嘈杂。

突然噼里啪啦飞进来一只大虫子,足有两寸长……它飞进屋里,绕个圈子,便歇在墙上。

它像只苍蝇或是胡蜂,身体是灰溜溜的土褐色;扁平刚硬的翅膀也是同一种颜色;爪子撇开,毛茸茸的,脑袋凹凸不平,并且很大,像只蜻蜓;而这脑袋和爪子都是鲜红色的,简直是血淋淋的。

这只奇怪的虫不停地上下左右转动着脑袋,还移动着爪子……然后又突然从墙上飞下,扑啦啦地满屋乱飞——接着又歇住,又吓人地、讨厌地蠕动,但是没有离开那块地方。

它激起我们大家内心的厌恶、惧怕甚至是恐惧……我们当中谁也没见过这样的东西,全都在喊:"把这个怪物赶走!"全都远远地挥着手绢……因为谁也不敢走近它……当这只虫子飞起时——全都不由自主地躲向一边。

一块儿说话的人中只有一个还很年轻的、脸色苍白的人,他惶然地望着大家。他耸耸肩头,微微地笑着,他全然不能理解,我们怎么啦?我们为什么会这样激动?他自己什么虫子也没有看见——也没听见它翅膀发出的不祥的啪啦声。

忽然间,这虫子仿佛是目不转睛地望着他,它飞起来,去停在他头上,刺他眼睛上方的额头……年轻人微弱地叫了一声——便倒地而死了。

吓人的虫子立即飞走了……直到这时我们才悟出,这是怎样的一位客人。

1878年5月

菜 汤

一个农家寡妇的二十岁独生子死了,他是村子里顶好的雇工。

女主人,那个村子的地主,知道这乡下女人的悲哀之后,在下葬的当天去看望她。

那时她正好在家。

农妇站在茅屋当中一张桌子前,不慌不忙地用右手(左手垂在一边)以平衡的动作从一只熏黑的小锅的锅底里舀起稀薄的菜汤来,一勺一勺吞下去。

农妇面孔消瘦,脸色忧愁;两只眼睛红肿……但是她恭恭敬敬、挺直身子站立着,好像在教堂里一样。

"老天爷!"女主人想,"在这种时刻她还吃得下……他们这些人，真是的，心肠多硬哟！"

这时女主人想起，几年以前她一个九个月的女儿死了，她伤心得拒绝租下彼得堡郊外一幢美丽的别墅——整个夏天都住在城里！——而那个乡下女人还在不停地喝着菜汤。

女主人终于忍耐不住了。

"达吉雅娜呀！"她低声地说，"可别这样啦！我真奇怪哟！你难道不爱自己的儿子吗？你怎么还会有胃口呢？你怎么吃得下这菜汤呢！"

"我的瓦夏死啦，"乡下女人轻轻地开口说，同时伤心的泪水又涌流在她沉陷的面颊上，"就是说，我的末日也到啦：活活地把我的头给砍啦。可菜汤不能白丢呀：放过盐的呢。"

女主人只耸了耸肩头——便走开了。盐在她值不了几个钱。

1878年5月

蔚蓝色的国度

啊，蔚蓝色的国度！啊，拥有蔚蓝、光明、青春和幸福的国度！我看见你了……在梦中。

我们几个人乘一只漂亮的、装饰华丽的小船。白帆像天鹅的胸脯般鼓起，帆上是几面迎风招展的旗幡。

我不认识和我同游的伙伴，但我整个身心都感觉到，他们也是年轻、快乐和幸福的，跟我一样！

是的，我甚至没有注意到他们。我看见四周全是无边的蔚蓝色的海，海面上盖满金色鳞片般的细浪，而头顶上也同样无边无涯，也是同样蔚蓝色的海 —— 在这片海上，扬扬得意地、仿佛在欢笑着，滚过一轮亲切的太阳。

我们中间不时掀起一阵清朗的、快乐的欢笑声，好像是众神在欢笑!

间或从谁的嘴里会突然飞出几句话,几行诗,充满神奇的美和灵感的力……天空本身仿佛在发出声响与它们应和——周围的大海在动情地颤抖……接着又是恬然的寂静。

我们的快舟浮游在水面,柔波轻轻起伏。它不是靠风在向前移动,驾驭它的是我们欢乐嬉戏的心。我们想往哪里去,它便急驰向哪里,顺从地,好像有生命一般。

我们遇到一些小岛,这是些神奇的、半透明的小岛,到处是红色、蓝色、绿色的宝石,光彩夺目。沁人心脾的芳香从岛周围的岸边飘来;其中一些小岛用白玫瑰和铃兰的花雨撒在我们身上;从另一些岛上突然掠起一群群彩虹色的、翅膀长长的小鸟。

鸟儿在我们头顶盘旋,铃兰和玫瑰消融在从我们小船平滑的两侧上掠过的、珍珠般的浪花泡沫里。

随花朵和鸟儿一起,又飞来阵阵甜蜜而又甜蜜的话音……其中似有女人的声音……周围的一切:天空、海洋、高高摆动的白帆、舷外的潺潺水声——都在叙说着爱情,那欢乐、安怡的爱情!

而那个女人,那个我们每个人都爱的女人,她也在场……

我们看不见她,但她却在我们身边。再过一瞬间 —— 瞧,她的眼睛就会射出光芒,她的微笑就会绽开花朵……她的手就会拉起你的手 —— 把你引向永不凋萎的天堂!

噢,蔚蓝色的国度啊!我看见你了……在梦中。

1878年6月

老 人

黑暗、沉重的日子来到了……

自己的病痛，亲人们的痼疾，老年的凄凉与黯淡……你所珍爱的一切，你为之献身而无所求的一切，都将凋零和崩溃。一条下坡路啊。

怎么办呢？哀伤？痛苦？这样既无助于自己，也无助于他人。

在枯萎、弯曲的树梢头，叶片更小、更稀了 —— 而绿意却不减当年。

你也退缩吧，退回到自己的心中去，退回到自己的回忆中去 —— 那儿，深深地、深深地，在凝聚的灵魂的最底层，你那往昔的，唯你独自一人才能窥探的生活，将以它芬芳的、依然鲜嫩的绿意,以它春的妩媚和力量,在你的面前闪耀!

然而你要当心啊……不要朝前看。可怜的老人!

1878年6月

两个富翁

人们在我面前称颂富豪洛希尔德,他从自己的巨额收入中拨出成千上万的钱来教育儿童、医治病人、救济老人——这时,我赞扬,并且深为感动。

然而,当我赞扬和感动时,我不禁想起一个贫困的农民家庭,这家人收养了一个孤苦的侄女,把她带到自己破烂的小屋里。

"若是收下卡吉卡,"老太婆说,"我们最后的几个钱也要为她花光了——就没法买盐,汤里就没有咸味儿了……"

"可我们把她……那我就不吃盐好了。"那农人,她的丈夫说。

洛希尔德比起这位农夫来还差得很远哪!

1878年7月

记　者

两个朋友坐在桌前品茶。

突然街上喧哗起来。只听见一阵阵抱怨的呻吟、凶猛的咒骂、恶意的哄笑。

"他们在打个什么人？"朋友之一说，先从窗口望了一眼。

"犯人吧？凶手吧？"另一个问道，"你听着，不管他是哪一个，不能容许未经法庭审判就惩罚人。咱们去打抱不平。"

"不过他们打的不是个凶手。"

"不是凶手？那么是个贼？反正一样，咱们去把他从人群里抢出来。"

"也不是贼呀。"

"不是贼？那么是个出纳员、铁路职员、军需员、俄国的文艺保护者、律师、好心的编辑、热心社会公益的捐助者？……反正得去帮他一把呀！"

"不啊……他们在打一个新闻记者。"

"打新闻记者？好吧，听我的：咱们先把这杯茶喝完再说。"

1878年7月

两兄弟

那是一个幻象……

我面前出现了两个天使……两个神仙。

我说:天使……神仙——是因为两个裸露的身体上都一丝不挂,而每一个的肩头上都长出一对强壮的长长的翅膀。

两个都年轻。一个胖点儿,皮肤柔滑,鬈发黑亮。眼睛是褐色的,脉脉含情,睫毛浓密;目光媚人、愉快、热烈而有所求。面孔很美,诱人喜爱,略带一些儿倨傲,略带一些儿邪恶,鲜红圆润的嘴唇微微颤动着。这年轻人好像一个拥有权力的人那样面带着笑容——笑得自信而慵懒;一顶华美的花冠轻轻戴在他亮闪闪的头发上,几乎触及他那天鹅绒似的眉毛。一张斑驳的豹皮,用一支金箭托住,从他圆圆的肩头上轻轻地直垂到弯曲的腿边。翅膀上的羽毛与众不同，是粉红色的，翅尖红彤彤的，好似浸过殷红的鲜血。两只翅膀不时地快速抖动，发出一种愉快的银铃般的响声，如春雨沙沙。

另一个身体又瘦又黄，每次呼吸时肋骨都隐隐可见。头发是淡黄色的，稀而直；两只浅灰色的眼睛又大又圆……目光局促，明亮得出奇。脸是尖尖的；半开的小小的嘴中生着鱼一般的细牙齿。紧凑的鹰钩形鼻子，翘起的下巴上生一层白白的茸毛。两片冷淡严厉的嘴唇上从来不曾有过一丝笑意。

那是一张端正的、吓人的、残酷无情的脸（不过，那第一个，漂亮的一个，他的脸虽然可爱而甜美，却也不显出怜悯来）。这第二个青年的头上挂了几枝编在一根枯草茎上的折断的空麦穗。一块灰色粗布缠在腰间；他背后的翅膀深蓝色，暗无光泽，在静静地威严地扇动。

这两个青年好像是不可分离的伴侣。

他们彼此偎依在对方的肩头上，第一个温柔的手好像一串葡萄，放在第二个的干硬的锁骨上；第二个手指细长的瘦小的手像蛇一样伸到第一个女人般的胸脯上。

这时我听到一个声音……这声音说的是：

"你面前是爱情和饥饿——它们是两个亲兄弟，是一切活着的东西的两大根基。

"一切活着的东西 —— 都在运动，为了求食；而求食，是为了生殖繁衍。

"爱情和饥饿 —— 它们的目标是一个：必须使生命不断延续 —— 自己的生命和别人的生命 —— 都是为了生命，一个总的生命。"

1878年8月

纪念尤·彼·伏列芙斯卡娅①

在泥地上,恶臭潮湿的稻草上,一间烂茅舍的屋檐下,一家仓促建成的战地医院里,一个贫困落后的保加利亚小乡村中——她患了伤寒,正走向死亡,已经两个多星期了。

她已经不省人事——甚至没有一个医生来望她一眼;那些当她尚能站立时亲手护理过的伤员,轮流着从他们的病床上爬过来,用一只破瓦罐的残底盛几滴水,送到她枯焦的唇边。

她曾是年轻、美丽的;社交界都知道她;甚至一些达官贵人也向人打听她。太太们妒忌她,丈夫们追求她……有两三个人暗中深深地爱着她。生活在向她微笑;然而,往往,笑容

---

① 尤丽亚·彼得洛芙娜·伏列芙斯卡娅(1841—1878),1877年自愿到俄土战争前线做护士,次年病死在保加利亚,她曾是作者的好友。

比眼泪还要更糟。

一颗温柔的心……却那样强有力，那样渴求献身！帮助需要帮助的人……她不知道还有其他的幸福……不知道——而且也没体验过。其他各种幸福都一一从她身边错过了。但她对这些早已安之若素——只是全身心地，燃烧着不灭的信仰的火光，献身于为四周的人们服务。

在她灵魂深处，她最隐秘的地方，珍藏着怎样一些宝贵的东西呢，任何人任何时候也不曾知道——而今，当然，也不会知道。

但又何必去知道？她做出了牺牲……事业完成了。

然而想起来令人伤心，没有一个人，甚至对她的尸体，说一声感谢——尽管她本人羞于接受也极力避开任何的感谢。

但愿我冒昧放在她坟头的这朵过时的小花不会被她可爱的亡灵认为是一种亵渎！

1878年9月

利己主义者

他身上有给他家族带来灾祸所需要的一切。

他生而健康;生而富有 —— 在他漫长的一生中,一直富有而健康,从来没有违过法,从来没有犯过错误,从来没有说过错话,从来没有失败过。

他正直得完美无瑕!⋯⋯他意识到自己的正直,引以为骄傲,用它来压制一切人:亲人、朋友、熟人。

正直是他的资本⋯⋯他靠它来重利盘剥。

正直使他有权做一个残酷无情的人,有权不去行任何不是他分内的善;他也确实残酷无情 —— 从不行善⋯⋯因为分内的善 —— 不成其为善。

除了他自己 —— 多么值得人学习啊! —— 他从不关心任

何人，并且会由衷地大发雷霆，假如别人也同样千方百计地不来关心他这位人物的话！

而同时，他并不认为自己是个利己主义者——而且比谁都更厉害地谴责和追逼利己主义者和利己主义！当然啦！别人的利己主义妨碍了他自己的利己主义。

他不觉得自己有一丁点儿弱点，他不了解，也不能容忍任何人的弱点，他从来不了解任何人和任何事，因为四面八方，上下左右，前前后后他只想到自己一个人。

他甚至不解宽恕为何物。他自己决不去宽恕自己……那么他又何必去宽恕别人？

面对自己良心的裁判，面对自己的上帝——他，这个怪物，这个有德行的恶棍，眼睛望着天，爽朗而清晰地说："对，我是个可敬可爱的人，我是个道德高尚的人！"

他在弥留之际也会重复这些话——甚至那时，他的铁石般的心——他这颗无瑕疵、无破绽的心——也决不会颤抖一下。

噢，自满、刚愎、廉价的德行的丑恶啊——你怕是比罪恶昭彰的丑恶更叫人厌恨！

1878年12月

天神的宴会

一天,天神想在他天蓝色的宫殿里开一次盛大的宴会。

他请所有的美德前来做客。只请美德……他没有邀请男性……请的全是女性。

宾客云集 —— 大大小小。小的美德们比起大的美德来更加亲切可爱;而大家好像都很满意 —— 彼此彬彬有礼地交谈着,关系密切的至爱亲朋见了面都应当是这样的。

这时天神注意到两位美丽的女士,她们似乎彼此全不相识。

主人拉起一位女士的手,把她引向另一位。

"恩惠!"他指着第一位说。

"感激!"他又指着第二位说。

两位美德惊讶得不知怎样说才好：自从世界存在以来 —— 而它早就存在了 —— 她俩还是第一次见面呢！

1878年12月

斯芬克司[①]

灰黄色的，表面松脆、内部坚实的，在脚下吱吱作响的沙土……无边无际的沙土，不管你往哪儿望去都是沙土！

而在这片沙土的荒漠上，在这片死灰聚集的海洋上，矗立着埃及斯芬克司的一颗巨大的头颅。

它们想说些什么话呢，这两片厚厚的噘出的嘴唇，这两只静静地大张着、向上翘起的鼻孔——还有这两只眼睛，一双弧线般的高眉下的、长长的、半带睡意的、似看非看的眼睛？

而它们是想说出点儿什么话的！它们甚至是正在说话，然而只有俄狄浦斯[②]一个人能猜出隐谜，能了解它们那无声的

[①] 希腊神话中狮身女首的怪物，古埃及遗留至今的巨型石雕像。
[②] 希腊神话中底比斯王拉伊俄斯和伊俄卡斯达的儿子，他曾猜破斯芬克司的谜底。

话语。

啊呀！我可是认识这副面容的……这脸上已经没有一丁点儿埃及的东西。白白的、低低的额头，突出的颧骨，鼻梁是短短的、直挺挺的，一张漂亮的唇红齿白的嘴，柔软的短髭，拳曲的胡须，还有这两只隔开很宽的不大的眼睛……头上的浓发分向两旁。这是你啊，卡尔普，西多尔，谢苗，雅罗斯拉夫省的、梁赞省的庄稼汉，我的同胞俄罗斯人！你变成斯芬克司有很久了吗？

或者你也想说些什么话吧？是的，你也是 —— 斯芬克司。

还有你的眼睛 —— 这两只五色的，但却是深邃的眼睛也在说话……它们的话语也同样是无声的和耐人寻味的。

只是你的俄狄浦斯却在哪里？

唉！要想成为你的俄狄浦斯，只戴上一顶丝绒小帽① 还不够啊，哦，全俄罗斯的斯芬克司！

1878年12月

---

① 或译皮帽。平顶，19世纪以前俄国知识界流行的帽子。

仙　女

我站立着，面前是迤逦蔓延的一连串组成个半圆形的美丽的山丘，鲜绿的树林覆盖着它们，从山顶直到山麓。

山丘的上方，南国的天空泛着透明的青蓝色；太阳发射出万道金光；山脚下，半隐在青草间的条条小溪匆匆流淌，絮语不休。

于是我想起一个古老的故事，说在基督诞生后的一百年，有一艘希腊船航行在爱琴海上。

正午时分……风平浪静。突然，从高处，在舵手的头顶上方，有人清楚地说话：

"当你驶过一个海岛时，你要大喊一声：'大潘① 死啦！'"

---

① 希腊神话中的山林、畜牧神，长着人的身体，羊的腿和角。

舵手惊愕……恐惧。然而当船驶过一个海岛时,他照办了,他大喊一声:

"大潘死啦!"

于是,顷刻间,回应他的呼喊,沿岸一带(岛上是没有人烟的)发出响亮的哀号、呻吟、拖长的悲戚的呼叫:

"死啦!大潘死啦!"

我想起这个故事……于是便有了一个奇怪的念头:"假如我也呼叫一声,会怎样呢?"

然而,我周围是一片盎然的生意,我不能想到死 —— 于是我竭尽全力地高喊:

"复活啦!大潘复活啦!"

于是顷刻间 —— 噢,真奇怪! —— 从组成这广阔的半圆形的所有青山上,一片齐声的大笑滚滚而下,响起一阵欢乐的话声和掌声。"他复活啦!大潘复活啦!"一群年轻人的声音在喧响。前方的一切突然间笑逐颜开,比天空的太阳更明亮,比草丛中喃喃细语的小溪更欢畅。只听得一阵急促的轻盈的脚步声,绿树掩映中,浪花般飘舞的衣裙闪现出大理石般的白色,裸露的肢体是活跃的嫩红色……那是一群仙女,一群山林水泽的仙女,酒神的女祭司,正从山顶奔向平原……

她们一下子出现在所有的树林边缘。神圣的头顶上盘绕着一绺绺鬈发，优美的手臂高举起花环和铃鼓——笑声，闪光的笑声，庄严的笑声，随她们一同滚来。

奔跑在最前面的是那位女神，她比众仙女身材更高，也更美丽——箭袋挂在肩上，手里握着弓，高耸的鬈发上是一弯银光辉耀的新月……

狄安娜①，这是你吗？

这位女神忽然停住了……立刻，跟着她，所有的仙女都停住了。响亮的笑声沉寂了。我看见突然静默下来的女神那张脸上，正蒙起一层死样的灰白；我看见，她的脚正变得僵硬，不可名状的恐惧使她的双唇张开，两眼圆睁，注视着远方……她看见了什么？她在向哪儿凝望？

我向她所望的那边转回身去……

在天空的最边缘，在田野低低的地平线上，一个金色十字架燃起一个火一般的光点，矗立在一座基督教堂的白色的钟楼顶上……女神看见了这个十字架。

我听见身后一声起伏的长长的叹息，好似琴弦断裂时的一

---

① 罗马神话中的月亮和狩猎女神。

阵颤抖，—— 而当我再转回身去，仙女们已杳无踪影……广阔的树林翠绿依旧，—— 只是透过几处稠密的枝丫，隐隐望见几片白色的东西在消失。那是仙女们的衣裙吗？是峡谷底部升起的雾气吗？—— 我不知道。

然而我是多么舍不得那群消逝了的女神啊！

1878年12月

敌 与 友

一个被判终身监禁的囚徒从狱中逃脱,他放开腿拼命地奔跑……身后有人循踪追来。

他全力奔跑……追捕者渐渐落后了。

然而恰当此时,他面前出现一条两岸陡峭的河,一条狭窄的——但却很深的河……而他不会游泳!

两岸之间搭着一块薄薄的腐朽的木板。逃亡者已经一脚踏上了它……而这时:他的一个最要好的朋友和一个最严酷的敌人站在岸边。

敌人一言未发,只是抱起双手;而朋友却放声高呼:

"天哪!你在干什么呀?想想看,疯子!你难道没看见,那木板全都烂啦?你会把它压断的——那你就难免一死啦!"

"可是没有别的渡口呀……而你听见他们追来了吗？"这不幸的人绝望地长叹一声，便踏上了木板。

"我不许！……不，我不许你去找死！"热心的朋友大喊着，并且从逃亡者的脚下把木板抢走。那人转眼间便扑通落入汹涌的激浪中——他淹死了。

敌人得意地笑着——走开了；而朋友却坐在河岸上——开始苦苦地哭他可怜的……可怜的朋友！

但是，责备自己害死了他，这一点他片刻也没有想到过。

"他不听我的话呀！他不听话呀！"他沮丧地喃喃自语。

"其实嘛，"他最后说，"他本该一辈子在可怕的监牢里受折磨的，如今他至少不再受罪啦！如今他可以轻松些啦！要知道，他命该如此啊！"

"而毕竟可怜呢，人之常情嘛！"

于是这善良的人继续无以慰藉地为他命运不济的朋友恸哭。

1878年12月

基 督

我觉得自己是一个少年人,差不多是个小孩,我正在一座低矮的乡村教堂里。在一幅幅古旧的圣像前,细细的蜡烛微微地燃烧,发出点点红光。

每一个小火焰有一个彩虹色的光坏。教堂里幽暗而朦胧……然而站在我前面的还有许多人。

全是些淡褐色头发的农民的头。这些头不时地摇晃,伏倒,又抬起,好像一些成熟的麦穗,夏天的风正在它们顶上掠起轻浪。

忽然有一个人从后面走过来,跟我并排而立。

我没有向他掉转头去 —— 但是我顿时感觉到,这个人 —— 就是基督。

感动，好奇，畏惧一下子都抓住了我。我使足气力……朝自己身旁的人望去。

脸，跟所有人的一样——是一张跟所有人的脸相同的脸。眼睛略略向上看，凝注而静穆。双唇合拢，但并不紧闭：上唇仿佛安稳地憩息在下唇上。不大的一撮胡须分成两撇。双手交叉，一动不动。连身上的衣服也跟所有人的一样。

"这是个什么样的基督啊！"我不由得想，"如此一个普普通通的人呀！不可能！"

我转过头去。然而，当我还来不及从这个普通人身上移开我的目光时，我又似乎感觉到，这正是基督立在我身旁。

我重新使足气力……于是我又一次看见那张同所有人的脸一样的脸，那同一副寻常的、虽然是不熟悉的相貌。

我突然害怕起来——我便清醒了。只是这时候我才明白，原来正是这样的脸，跟所有人一样的脸，它才恰恰就是基督的脸啊。

1878年12月

∽ 岩 石

你们可曾看见过一块灰色的、长年兀立海边的岩石,在涨潮时刻,在融融春日,汹涌的巨浪从四面八方往它身上打来 —— 把喷溅的散珠碎玉似的闪闪水沫泼洒在它长满青苔的头上?

岩石依旧是那块岩石 —— 而在它阴郁的外表上,显现出一些鲜亮的色彩。

这色彩表明,在遥远的往昔,当熔浆状的青石块刚刚在凝固时,它全身曾燃烧着火一般的色彩。

正是这样,不久以前,从四面八方往我老迈的心上涌来一些年轻的女性的心灵 —— 于是,在它们亲切的抚摸下,它已泛出了闪烁的光彩,泛出了昔日的火的痕迹!

海浪涌来又涌去……但那些色彩尚未暗淡 —— 尽管凛冽的风竭力要把它们吹干。

1879年5月

鸽 子

我站在一个倾斜的山坡上，我面前 —— 一片成熟的黑麦田，它时而像金黄色、时而像银白色的海洋般伸展开去，变得五光十色。

然而在这片海洋上没有涟漪，闷热的空气停滞不动：正在酝酿着一场狂风暴雨。

在我的四周，太阳依旧发射出光芒 —— 炽热而昏黄；但那边，越过黑麦田，在并不太远的地方，一堆暗蓝色的云像沉重的庞然大物，横卧在整整半边地平线上。

万物都隐蔽起来……万物在落日余晖的不祥闪烁下苦恼不堪。听不到鸟鸣，也看不见一只鸟儿；连麻雀也躲起来了。只有附近某处一片孤独的大牛蒡叶在固执地沙沙细语和扑扑作响。

田野小道上艾蒿的气味多么浓烈！我望一眼那蓝色的大云块……心中不禁惶然。"啊，你就快点吧，快点儿！"我想，"你闪烁吧，金色的蛇，你震撼吧，雷！你动吧，滚吧，倾盆而下吧，恶毒的乌云，但是要马上停止这磨人的苦恼啊！"

然而乌云一动不动。它依旧压抑着无言的大地……只是仿佛在胀大，在变得更黑暗。

看呀，在它单调的蓝色的映衬下，有个什么东西平稳而从容地在闪现，恰像是一小方白色的手帕或是一小团雪球。那是从村子方向飞来的一只白鸽。

飞呀飞，照直、照直飞……隐没在树林后面。

过了一会儿 —— 仍是那冷酷的寂静……可是你瞧呀！已经是两方小手帕在闪现，两团小雪球在往回急飞了：那是两只白鸽在平稳地飞回家来呀。

你瞧，暴风雨终于迸发了 —— 多威风啊！

我好不容易跑到家。风在呼啸，在疯狂地乱窜，深褐色的、低低的浓云在奔驰，好像被撕成了碎片，万物在旋转，混沌一片，倾盆暴雨像直立的水柱一般哗啦啦地飘摇着落下，闪电发出绿色的火光，令人目眩，时断时续的雷声像是大炮在轰鸣，闻到一股硫黄味……

然而在伸出的屋檐下，在天窗边缘上，紧紧偎依着两只白鸽——飞出去找它伴侣的那一只，还有被它迎回来，或许，是被它救回来的那一只。

两只都蓬起羽毛——那时，它们都以自己的翅膀触到它身边另一只的翅膀。

它们多么美好啊！而我望着它们，自己也觉得美好……虽然我是一个人……一个人，从来如此。

1879年5月

明天，明天！

几乎每一个过往的日子都是那么空虚、萎靡、渺小！它在自己身后留下的痕迹是多么少啊！这一小时又一小时的光阴过得多么无聊又愚蠢！

而人却想活；他珍惜生命，他对生命、对自己、对未来寄予希望……噢，他期待从将来得到多少好处啊！

然而他凭什么想象，另一些未来的日子会不会跟这个刚刚过去的日子一样呢？

而他并没有这样去想象呀。他根本不爱去思索什么 —— 他做得很好。

"啊，明天，明天！"他安慰自己，直到这个"明天"把他推进坟墓。

唉 —— 而一旦在坟墓里 —— 他也就无法再去思索了。

1879年5月

大 自 然

我梦见,我走进一座有着许多高大拱顶的地下庙堂。它到处弥漫着一种也是发自地下的、匀和的光亮。

庙堂中央端坐着一位威严的女人,穿一件带皱纹的绿衣裳。她一手托着头,好像沉入深深的思索。

我立刻明白了,这个女人 —— 就是大自然本身,—— 肃然起敬的恐惧随一阵骤然的寒战深深进入我的心灵。

我走近这位坐着的女人 —— 并且,恭敬地弯腰行礼:

"哦,我们大家的母亲!"我呼叫一声,"你在想什么啊?你不是在考虑人类未来的命运吧?你不是在想,人类怎样才能达到尽善尽美和幸福吧?"

这女人慢吞吞地把她一双黝黑、令人望而生畏的眼睛朝我转过来。她嘴唇启动了——发出一种洪亮的声音,如同铁器的铿锵。

"我在想,怎样给跳蚤腿部的肌肉增加更多的力量,好让它更容易逃避它的敌人。攻与守的均势被破坏了……应该恢复它。"

"怎么?"我讷讷地回答,"你在想些什么?难道我们,人类,不是你所宠爱的孩子吗?"

这女人略微皱了皱眉头。

"一切有生之物都是我的孩子,"她发话了,"我一视同仁地关怀它们——也一视同仁地毁灭它们。"

"但是善良……理性……正义……"我再次讷讷地说。

"这是人类的语言,"传来铁器的铿锵声,"我既不知善,也不知恶……理性并非我的法则——正义又是什么?我给予你生命——我收回它,给别的生物,给蛆虫或是给人……在我都一样……暂且你还是去保住自己吧——别来妨碍我!"

我本想抗辩几句……然而四周的泥土在嗡嗡地呻吟和颤抖——于是我醒来了。

1879年8月

❧ "绞死他!"

"这事发生在1805年,"我的一个老朋友开始说,"在奥斯特里茨战役①前不久。我当军官的那个团驻扎在摩拉维亚。

"严厉禁止我们骚扰和欺压居民;就这样居民还是不信任我们,虽说我们还算是同盟军呢。

"我有个勤务兵,原是我母亲的农奴,名叫叶戈尔。他是个诚实、驯顺的人;我自幼就了解他,待他像朋友一样。

"没想到有一天,在我住的那幢房子里响起一阵叫骂声和哭喊声:女主人的两只鸡被人偷走了,而她说是我的勤务兵偷的。勤务兵辩解着,叫我去做证……'他怎么会偷东西呢,他,

---

① 1805年12月,俄奥联军与拿破仑军队在奥地利奥斯特里茨大战,拿破仑大军获胜。

叶戈尔·阿夫达莫诺夫！'我要女人相信他的诚实，可她什么话也不愿意听。

"突然沿街传来整齐的马蹄声：那是总司令本人带着参谋部人员过来了。

"他骑在马上，肥胖，脸上皮肉松弛，脑袋向前耷拉着，肩章垂到了胸前。

"女主人一看见他——便奔去挡在他的马前，跪在地上——她披头散发，衣衫不整，头巾也没戴一条，就大声控告起我的勤务兵来了，她用一只手指着他。

"'将军老爷呀！'她喊叫道，'大人呀，求您明察！求您帮帮忙！救救我！这个当兵的把我抢啦！'

"叶戈尔立在屋门口，身子笔直，帽子捏在手里，甚至挺胸立正，好像在站岗，——而他要是说一句话也好啊！他是被这一大群路当中的将官窘住了呢，还是面临飞来横祸被吓呆了——我的叶戈尔只顾站在那儿眨巴眼睛——但又面如土色。

"总司令漫不经心地、阴沉沉地瞟了他一眼，气呼呼地哼一声：

"'唔？……'

"叶戈尔像个木头人似的呆立在那里，牙齿龇出来！从侧面看去：这家伙好像在笑呢。

"这时总司令断断续续地说了句：'绞死他！'戳了戳座下的马，便走开了——起初马还是照旧缓缓地走着，后来便大步快速跑开了。全体参谋部的人员跟在他身后疾驰，只留下一个副官，他从马鞍上转回身子，朝叶戈尔短短瞥了一眼。

"违背命令是不行的……叶戈尔当即就被抓起来，带去行刑。

"这时他完全面无人色了——只是艰难地叫了两声：'上帝呀！上帝！'

"然后又低声地说：'上帝有眼——不是我啊！'

"叶戈尔开始悲哀地、痛苦地哭泣，一边和我诀别。我陷于绝望的境地。

"'叶戈尔！叶戈尔！'我大声说，'你干吗一句话也不对将军说呢！'

"'上帝有眼，不是我啊。'这可怜的人抽泣着又说。女主人自己也给吓坏了。她怎么也没料到会有这样可怕的结局，自己也放声大哭起来！她开始向所有的人、向每个人请求宽恕，要人家相信她的鸡已经找到了，说她自己要把事情讲清楚……

"自然，这一切都毫无用处。先生，战时的秩序啊！军纪啊！女主人的哭声愈来愈响了。

"叶戈尔这时已经有神父给他行过忏悔礼，进过圣餐，他对我说：'请您告诉她，老爷，让她别折磨自己了……我已经原谅她了。'"

我的朋友把他仆人的最后两句话再说了一遍，又喃喃地说："叶戈鲁什卡①，亲爱的，有德行的人！"泪水沿着他衰老的面颊一滴滴淌下。

1879年8月

---

① 叶戈尔的昵称。

我会想些什么?

当我临死时,我会想些什么,假如我那时还能够思想的话?

我会不会想,我虚度了一生,浪费了生命,打瞌睡一样任生命流逝了,不善于品尝生命的赐予?

"怎么就要死啦?这么快吗?不可能呀!我还什么事也没来得及做呢……我刚刚准备要做!"

我会不会回忆起过去,把思想停留在很少一些我所度过的光辉的瞬间上,停留在一些亲爱的形象和面容上?

我做过的一些蠢事会不会出现在我的记忆里——迟来的悔恨那灼人的苦恼会不会占有我的灵魂?

我会不会想,是什么东西在坟墓里等着我……而那儿又是否真有什么东西在等我?

不……我觉得,我会尽力不去思想——会故意去胡思乱想,只要能使我自己不去注意那摆在前面的吓人的黑暗。

从前,有一个临死前的人当着我的面不住地抱怨说,人家不让他吃炒熟的榛子……而那时,只是在他暗淡无光的眼睛的深处,有一个什么东西在挣扎和颤动,像一只断翅的垂死的受伤的小鸟。

1879年8月

✍ "玫瑰花儿那时多美,多鲜艳……"

在什么地方,在很久很久以前的什么时候,我读过一首诗。很快我又忘了它……但那第一行还驻留在我的记忆里:

玫瑰花儿那时多美,多鲜艳……

如今是冬天:冰霜蒙住了窗玻璃;幽暗的房间里燃起一支蜡烛。我躲到一个角落里坐下;脑子里回响着,回响着:

玫瑰花儿那时多美,多鲜艳……

于是我看见自己站在郊外一家俄罗斯房舍的低矮的窗前。

夏日的黄昏静静地消失而转入夜晚，暖和的空气中，木樨草和菩提树在飘香；而在窗口坐着一个姑娘，一只手臂直撑着，头垂向肩旁——她无言地、聚精会神地注视着天空，仿佛在等待第一批星星的出现。一双沉思的眼睛多么纯真而又充满着灵感，两片开启的、似有所问的嘴唇多么天真无邪，多么动人，那还未绽苞的、还不曾为任何事激荡过的胸脯，呼吸得多么平匀，一张年轻的脸庞多么纯洁而温柔！我没有胆量跟她讲话——然而我觉得她多么可亲可爱，我的心跳得多么狂！

　　玫瑰花儿那时多美，多鲜艳……

而室内愈来愈暗、愈来愈暗……燃尽的蜡烛发出啪啪的声响，摇曳的影子在低矮的屋顶上晃动，屋外的严寒在轧轧出声，作恶逞威——而这时奇异地隐隐传来一声寂寞的、衰老的絮语……

　　玫瑰花儿那时多美，多鲜艳……

我面前呈现出另一些形象……我仿佛听见一阵家庭的、

农村生活的愉快喧哗声。两颗亚麻色头发的头彼此偎依着,用两双明亮的眼睛大胆地盯着我,胭红的面颊因为忍住笑而颤动,手儿亲昵地钩在一起,年轻的、善意的话语声互相打断;更远一点儿,在那间舒适的屋子深处,另一双,也是年轻的手,在一架陈旧的钢琴琴键上迅速移动,手指在交错摸索——兰纳[①]的华尔兹舞曲压不住祖传的茶炊的咕嘟声……

  玫瑰花儿那时多美,多鲜艳……

  蜡烛一闪,灭了……是谁在那边咳得那么嘶哑、低沉?我的老狗,我唯一的伴侣,蜷成个圈儿,紧贴在我脚下发抖……我冷……我要冻死了……而他们都已经死去……死去……

  玫瑰花儿那时多美,多鲜艳……

1879年9月

[①] 兰纳(1801—1843),奥地利作曲家。

海上航行

我乘一艘不大的轮船从汉堡到伦敦。我们一共是两个乘客：我和一只小猴子，一只小母猴，这是一位汉堡商人给他英国股东送去的礼物。

它被一条细链拴在甲板上的一把小椅子上，不停地乱动着，像只鸟儿样吱吱地哀诉。

每当我走过，它便向我伸出它一只黑黑的冰冷的小手——还用它一双忧愁的、几乎像人样的小眼睛望着我。我抓起它的手——它就不再尖叫和乱动了。

周围一片寂静。大海像一张铅灰色的台布，一动不动地向四面铺开。它好像并不浩瀚；海上罩一层浓雾，遮没了桅杆顶，软软的昏暗令人目光迷茫而疲倦。太阳像是这昏暗中的一片混浊的红斑；而将近黄昏时它又燃成一团，发出神秘而奇异的红光。

一些又长又直的皱褶，像厚重的绸缎上的皱褶，从船头向外一个接一个地掠去，不停地扩开、卷起波纹，再扩开，最后展平，摇荡几下，再消失。水轮发出单调的突突声，轮下翻腾着被它激起的浪花；浪花像牛奶样发白，又轻微地咝咝作响，碎成蛇一般的水流——而在那边，又汇成一体，消失了，被昏暗吞没了。

船尾一只小钟叮叮地碰击，连绵不绝，如怨如诉，并不比猴子的吱吱声更好听些。

时而浮起一只海豹——猛一翻身，又隐入激起微波的海平面下。

而船长，一个寡言的、面色黧黑而阴沉的人，叼着一支短烟斗，气呼呼地向那呆滞的海面吐一口唾沫。

不管我问什么，他都只断断续续咕哝两声来回答；我不由得要去找我的唯一的旅伴——猴子了。

我坐在它身边；它不再吱吱叫了——还再次把手伸给我。

凝滞的雾催人入眠，湿气沐浴着我俩；我们沉浸在同样的无知无觉的默想中，互相陪伴着，像亲人一样。

我此刻是在微笑……然而那时我心中是另一种情感。

我们全都是一个母亲的孩子——那时令我感到快慰的是，这只可怜的小动物竟那么信任我地安静了下来，它偎依着我，仿佛偎傍着一个亲人。

1879年11月

H. H.[1]

你端庄娴静地循着人生的大道前进，无泪也无笑，他人的冷漠不大会扰动你的心。

你善良而聪明……你与一切无缘，你不需要任何人。

你美——而谁也不会来说一句：你是否珍惜自己的美呢？你自己淡然待人——也不求别人的同情。

你的目光深邃——而并不显得是在沉思默想——这明亮的深邃中一无所有。

就这样，在极乐世界[2]中，在格鲁克[3]旋律的严肃乐曲声

---

[1] 意为某某人。
[2] 希腊神话中，人死后灵魂享福之地。
[3] 格鲁克（1714—1787），德意志音乐家。此处指他的歌剧《奥菲欧与尤丽狄茜》中描写人死后情景的第二幕。

中 —— 那些端庄的阴魂既无忧愁,也无欢乐地在行进。

1879年11月

留 住!

留住！我现在看见你是怎样 —— 请你就怎样永远留在我的记忆里！

最后一个富有灵感的声息脱口而出 —— 眼睛不发亮也不闪光 —— 它们将暗淡失色，因为感觉到了幸福，因为幸运地意识到了你成功地表达出来的那种美，仿佛你伸出你郑重的、疲惫的手去追寻的那种美！

那比阳光更纤柔、更纯洁的，洒遍你的肢体、洒进你衣衫每一个皱褶里的，是一种什么样的光辉？

是怎样一位神灵用它抚爱的气息使你散乱的鬈发向脑后飞扬？

他的吻燃烧在你大理石般苍白的额头上！

这就是它 —— 公开的奥秘，诗歌、人生、爱情的奥秘！这就是它，这就是它，这就是不朽！再没有其他的不朽 —— 也不需要。在这一瞬间你是不朽的。

这一瞬间将会过去 —— 于是你将重新成为一撮尘土，一个女人，一个婴孩……然而这于你又何妨！在这一瞬间 —— 你变得崇高了，你变得超越于一切转瞬即逝的过眼云烟之上。这就是你的永不终止的瞬间。

留住！并且，让我能加入你的不朽吧，把你的永恒所发出的闪光射入我的灵魂吧！

1879年11月

僧 人

从前,我认识一位僧人,他是个隐士,圣者。他只靠祈祷的甜美维生 —— 并且因为沉浸在这种甜美之中,他长久地站立在教堂冰冷的地面上,以致两腿、膝盖以下部分,都浮肿了,像两根木桩一样。他并不觉得,依然站立着 —— 祈祷。

我了解他 —— 我或许在羡慕他 —— 但是唯愿他也能了解我,不谴责我 —— 我这个与他的快乐无缘的人。

他已达到那样的境界!他消灭了自己,消灭了自己那可憎的我;然而我却也不是出于爱己之心才不去祈祷的呀。

我的我对于我,比之他的他对于他,或许要更累赘一些,可厌一些呢。

我已经找到在哪里去忘掉自己的办法……而我也找到了,

虽然不是那么经常。

　　他不说谎……而我也是不说谎的啊。

1879年11月

我们还要战斗！

一件多么微不足道的小事有时可能会改变整个人！

一天，我沿着大道走去，心头充满思索。

一些沉重的预感挤压在我的胸间，我满怀悒郁。

我抬起头……在我的前方，道路由两行高高的白杨树夹着，箭一般投向远方。

离我十步远，路被艳丽的夏阳照耀成金黄色，一大群麻雀一只跟着一只跳跃着在横越它，横越过这条路，跳得急速、欢乐而自信！

其中一只尤其与众不同，它侧着身子、侧着身子用力地跳，鼓起嗉子，勇敢地叽喳着，仿佛天不怕地不怕似的！一个战士——丝毫不差！

而这时，天空高处一只鹞鹰在盘旋，或许，它正是注定了要来把这位战士吞吃掉的。

我望着望着，笑起来了，精神为之一振 —— 忧伤的思虑当即烟消云散：我产生了胆量、勇气和生的欲望。

就让我的鹞鹰在我的头顶上盘旋吧……

"我们还要战斗，见他的鬼去吧！"

1879年11月

祈　求

人无论祈求什么 —— 总不外祈求奇迹。凡祈求都可归为："伟大的神啊，求你让二乘二不等于四！"

只有这样的祈求才是一个人向另一个人所作的真正的祈求。向宇宙之灵，最高的存在，康德的、黑格尔的、纯粹的、无形的神祈求既不可能，也不可思议。

然而，即使是一个有个性、有生命、有形体的神，他能做到二乘二不等于四吗？

所有信神的人都有义务回答：能 —— 也有义务让自己相信这一点。

然而，假如说，他的理智起而反对这种胡言乱语呢？

这里，莎士比亚来给他帮忙了："朋友霍拉旭啊，天地之间，无奇不有……"① 等等。

而假如人们以真理的名义来反对它呢 —— 他只须重复一遍那著名的问题:"何谓真理?"

于是,我们来痛饮吧,作乐吧 —— 并且祈求吧。

1881年7月

---

① 语出《哈姆雷特》。

俄 语

　　在充满忧虑的日子里，在痛苦地思索着我祖国命运的日子里——给我支撑和依靠的只有你呀，啊，伟大的、雄壮的、真诚的、自由的俄罗斯语言！若是没有你——眼见故乡所发生的一切，怎能不陷于绝望呢？然而不可能相信，这样的语言不是上天赐予一个伟大的民族的！

1882年6月

第二部

新散文诗

相　逢

梦

我梦见，我走在一片广阔的、光秃秃的草原上，四处散布着一些巨大的、棱角突兀的岩石，头顶上是黑压压的低沉的天空。

一条小路曲曲弯弯盘绕在巨石丛中……我沿这条小路走去，自己并不知道往哪儿走，为什么……

忽然，在我前面，在小路细细的线条上，出现了一个什么东西，仿佛是一小团轻云薄雾……我便盯住它：这一小团云雾一下子变成了个女人，亭亭玉立，身材修长，穿一身白衣裙，腰间围一圈狭狭的、亮光灿灿的带子……她脚步敏捷，急匆匆离我而去。

我没看见她的脸,甚至没看见她的头发:它们被一层水浪般飘动着的轻纱遮盖着;然而我的一颗心整个儿随她而去了。我觉得她非常美丽、亲切、可爱……我务必要追上她,想要看一眼她的脸……她的眼睛……我想看见,我必须看见这双眼睛。

但是,不管我怎样急急地追赶,她的动作总比我更敏捷,我无法追上她。

而这时出现了一块平平的宽大的石板,它横在小路上……阻拦了她的去路。女人停住了……我便跑过去,由于快乐和期待而战栗着……心中不无惧怕。

我一言未发……而她默默地向我转过身来。

我还是没看见她的眼睛。这双眼睛是紧闭着的。

她面色雪白……白得像她的衣衫一样;两只裸露的手臂一动不动地垂下,她全身上下仿佛变成了一块石头;这女人整个的躯体,脸上的每一根线条好像是一尊大理石的雕像。

她缓缓地、连一条肢体也没有弯一下,便向后仰去,躺在那块平整的石板上。而我也并排躺在她的身边,仰面朝天,全身挺直,像坟墓上的石刻像一样,我的两只手祈祷似的抵在胸前，这时我感觉到，我也变成了石头。

过了一小会儿……这女人突然抬起身来走开了。

我想奔去追她，但是我动弹不得，两只叠放着的手也无法分开，只能随她望去，目光中流露出说不出的懊恼。

这时她出乎意料地回转身来，于是我看见了一双长在一张生动活泼、神色变幻的面庞上的，明亮的，光辉闪耀的眼睛。她把这双眼睛凝注在我身上，同时笑了，只用她的唇在笑……没有声音。"站起来，"她说，"上我这儿来。"

可是我依然不能动弹。

这时她再次笑了笑，便迅速地走远，快活地点着头，在她的头顶上，突然间，一只用小朵玫瑰花编织的花冠鲜亮地发出红光。

而我依旧不能动弹，不能言语，躺在我坟墓的石板上。

1878年2月

我怜惜

我怜惜我自己,怜惜其他的生物,怜惜一切人、兽、鸟……一切活着的东西。

我怜惜孩子和老人,不幸者和幸运者……比起不幸者,我更加怜惜那些幸运者。

我怜惜那些战无不胜、所向披靡的领袖人物,怜惜那些伟大的艺术家、思想家、诗人。

我怜惜杀人者和他的牺牲品,怜惜丑和美,怜惜被压迫者和压迫者。

我怎样才能摆脱掉这种怜惜之情呢,它令我无法活下去……它,还有那寂寞。

寂寞啊,寂寞,这种怜惜之情把它彻底揭示了出来!一个人不可能比这更堕落了。

  我顶好去羡慕吧,说真的!于是我便去羡慕 —— 石头。

1878年2月

诅 咒

我在读拜伦的《曼弗莱德》①……当读到被曼弗莱德毁掉了一生的那个女人的精灵在他头顶上念诵她神秘的咒语的那一段时,我感到了某种震颤。

记住:"愿你夜夜不能成眠,愿你恶毒的灵魂永远感觉到我看不见摆不脱的存在,愿你的灵魂成为你自己的地狱。"

然而这时我又记起另一件事情……一次,在俄国,我亲眼见到两个农民,父亲和儿子之间的一场猛烈的争吵。

最后,这儿子使父亲遭受了难堪的污辱。

"诅咒他,华西里,诅咒他,这个十恶不赦的东西!"老人

---

① 《曼弗莱德》是拜伦(1788—1824)的诗剧。

的妻子大声喊叫着说。

"好吧,彼得罗芙娜,"老人用沙哑的声音回答说,一边大大地画着十字,"让他活到有儿子的时候,他儿子也当着自己母亲的面往父亲的白胡子上吐唾沫吧!"

这个诅咒让我觉得比《曼弗莱德》里的那一个更加可怖。

那儿子当时大张着嘴,站不稳脚跟,面色发青 —— 便走出门去了。

            1878年2月

孪生兄弟

我看见两个孪生兄弟在吵架。他俩全身上下都像两滴水一样相似：相貌、表情、发色、身材、体形，而他们却不可调和地互相仇恨着。

他俩同样地因盛怒而抽搐。两张彼此凑近的、相似得出奇的面孔同样地涨红着；两双相似的眼睛同样闪着光，威吓着对方；同样的声音发出同样的咒骂，从同样歪扭的嘴唇上喷吐出来。

我忍耐不住了，抓来其中的一个，把他拖到镜子前对他说：

"你最好还是冲着这面镜子骂吧……这对你不会有什么区别……可是对我来说呢，就不会那么可怕了。"

1878年2月

鸫鸟(一)

我躺在床上,但我不能入睡,烦恼在啃啮我;一些沉重的、扰人的、单调的念头缓缓地在我脑中经过,仿佛一条连绵不绝的云雾的长链,在一个阴雨的日子里,沿着灰扑扑的丘陵之巅,不停地缓缓爬行。

啊!那时,我以一种无望的、伤心的爱在爱着一个人,只有饱经岁月的风雪严寒,一颗心已不为生活所动,变得……不再年轻时,才有可能以这样的爱去爱啰!不……然而徒有年轻的外表是不必要的,也是枉然的。

窗子像一个微微发白的斑块,幻影似的在我面前呈现;房间里所有的东西都隐隐可见;在这初夏清晨的雾一般的曦光中,它们显得更加凝滞,更加静谧了。我看了看表:三点还差一刻。

墙外，也是那同样的凝滞……还有朝露，一片露珠的海洋！

而在这露海中，在花园里，恰在我的窗口之下，一只黑色的鸫鸟——已经在歌唱、呼哨、啾鸣了——它唱个不停，响亮地，充满自信地唱着。抑扬婉转的音响透入我悄无声息的房间，它充满了整个房间，充满了我的听觉，充满了我被失眠的无聊、被病态的思虑之苦所困扰的头脑。

它们，这些鸣叫声，散发出永恒的气息——散发出永恒所拥有的全部清新，全部冷漠，全部力量。我仿佛在它们之中听到了大自然本身的话语，那美妙的，无意识的话语，它永无始——也永无终。

它在歌唱，它在颂扬，充满着自信，这只黑色的鸫鸟；它知道，依照惯常的顺序，永不变化的太阳马上将闪耀出第一线光芒；在它的歌里没有任何它自己的东西；它正是那同一只乌鸫鸟，它一千年以前欢迎过那同一轮太阳的升起，并将在另外几个一千年之后欢迎它，那时我所残留的东西，或许将化为肉眼不见的尘埃，在乌鸫鸟那活着的发出响亮声音的躯体周围，在被它的歌声所冲破的气流中回旋。

于是我，一个可怜的，可笑的，恋爱着的渺小的个人，对你说：谢谢，小鸟儿，谢谢你在这忧伤的时刻如此突如其来在我窗口唱起有力的、纵情的歌。

这支歌并没有给我以慰藉，我也并没有寻求慰藉……然而我的眼睛被泪水浸湿了，胸中微微颤抖，那停滞不动的、死去的重负顷刻间又抬起头来。哎！还有那个存在物[①]——他难道不是跟你的欢乐的鸣声一样地年轻而富有朝气吗，黎明前的歌手啊！

然而又是否值得为自己个人而伤心，而苦闷，而思虑呢，当周围，从四面八方，一层层冰冷的波涛已经涌来，说不定今日或是明朝就会把我引入无涯的汪洋大海？

泪在流……而我可爱的黑色的鸫鸟却若无其事地继续高唱着它无忧无虑的、幸福的、永恒的歌！

噢，终于升起的太阳在我火红的双颊上照亮了的，是怎样的泪珠啊！

然而我在微笑，一如既往。

1877年7月8日

[①] 指作者本人。

鸫鸟(二)

我又躺在床上……我又不能入眠。那同样的夏日的清晨从四面八方紧紧抓住我;在我的窗下,乌鸫鸟又在歌唱,而我心中的那个创伤在灼烧。

然而,那鸟儿的歌唱并没能为我带来慰藉,我也并没有想着自己的创伤。折磨我的是另一些创伤,是数不清的、裂开大口的创伤;从中如殷红的急水一般流出亲人们的、珍贵的血,无穷无尽地流啊,毫无意义地流,如同雨水从高高的屋顶倾泻在街道的肮脏污秽上。

千百个我的兄弟、同胞,在那边,远方,在一座座堡垒的不可接近的墙垣下死去;千百个兄弟被那些无能的首领抛进了血盆大口般的死亡的深渊。

他们毫无怨言地死去；他们被人毫不懊悔地毁灭掉；他们从不怜惜自己；而那些无能的首领却也不怜惜他们。

这儿没有谁对，也没有谁错：这好像一架脱粒机在打着一捆捆麦穗，这些麦穗是空的呢，还是有麦粒的 —— 让时间去表明。我的创伤算得了什么？我的痛苦算得了什么？我甚至不敢哭出声来。然而头在燃烧，灵魂在紧缩 —— 于是我像个犯了罪的人一样，把脑袋藏进讨厌的枕头下。

一滴滴灼热的、沉重的泪在涌流，滚过我的面颊……滚过我的嘴唇……这是什么？眼泪……还是血？

1878年8月

没有个窝儿

这上哪儿去安身呢？去干点什么？我就像一只没有个窝儿的小鸟。它竖起羽毛来，坐在一根光秃的、干枯的树枝上。留下吧，觉得厌烦……但又往哪儿飞呢？

于是，它展开翅膀——箭一般射向远方，好像一只被鹞鹰惊起的小鸽子似的。它难道不能发现个绿色的、可以栖身的小角落吗？难道不能在那儿筑起一只哪怕是暂时待一待的小窝儿吗？

鸟儿飞呀，飞，一边留意地注视着下方。

它身下是黄色的沙漠，无声息的、无动静的、死一样的沙漠……

鸟儿急急地飞着，飞越沙漠，仍然不停地注视着下方，仔细地，满怀忧伤地注视着。

在它身下是大海，黄色的，死一样的大海，像沙漠似的大海。不错，大海在喧嚷，在运动，然而在那永无休止的轰鸣声中，在波浪单调的翻滚中，仍然没有生命，也仍然没有个可以休憩的地方。

可怜的鸟儿飞累了……它的翅膀扇动得渐渐无力了；它飞得时高时低。它哪怕是一直飞上青天……而它不可能在这个无边无际的空虚中筑一个窝儿哟！

终于，它合上了翅膀……长哼一声坠入了大海。

海浪吞没了它……又向前翻滚，依旧毫无意义地喧嚷着。

我上哪儿去安身呢？难道不也该是我坠入大海的时候了吗？

1878年1月

酒　杯[①]

我感到可笑……我觉得自己很奇怪。

我的忧郁不是假装的，我确确实实日子过得很沉重，我的情感满含痛苦，了无欢乐。然而，我却极力要给它们添上光彩和美丽的外表，我寻找着形象和比喻；我修饰自己的言谈，用词句的响亮与和谐来宽慰自己。

我，像一个雕塑家，像一个制作金器的手艺人，成天不停地塑呀，刻呀，千方百计去装饰那只高脚大酒杯，我将用它给自己端来毒药啊。

---

① 此篇作者未注明写作年月，可能写于1878年至1879年间。

谁的过错[1]

她向我伸来自己柔美的、无血色的手……而我板着面孔粗暴地把它推开。那张年轻、可爱的脸上显出困惑来；一双年轻善良的眼睛饱含谴责地注视着我；那颗年轻、纯洁的心灵不能理解我。

"我哪儿错啦？"她翕动嘴唇喃喃地说。

"你哪儿错了吗？宁肯说那最光辉的天堂深处的最明洁的天使错了，也不能说你错了啊。"

然而，你在我面前的过错仍然是巨大的。

你想要知道它，知道这一你所不能理解的、我无力向你解

---

[1] 此篇作者未注写作年月，可能写于1878年至1879年间。

说的重大过错吗?

你听着:你 —— 青春;我 —— 衰老。

生活规条

你想要安宁吗？去跟人们交往，但要独自生活，什么也别去参与，什么也别去怜惜。

你想要幸福吗？先得学会受苦。

1878年4月

爬　虫

　　我见过一条被砍成两截的爬虫。浑身上下都是它自己身上溢出来的黄水和黏液，它在抽搐，而且，一边痉挛地抬起头，吐出蛇芯来……一边还在威胁着……无力地威胁着。

　　我读过一个人所不齿的文痞写下的一篇短文。

　　他来不及咽唾沫，瘫倒在自己污言秽语的脓血里。他也在抽搐，忸怩作态……他提起什么"界线"[①]——他提出要用决斗来洗清自己的名誉……自己的名誉呢！

　　我便想起了那条吐出它丑恶的蛇芯的、被人砍成两截的爬虫。

1878年5月

---

① 指决斗中画下的分开决斗双方的界线。

作家与批评家

作家坐在房间里的工作台前。忽然有一位批评家进来找他。

"怎么!"他大叫一声,"您还在一个劲儿地写呀,作呀的,尽管我已经写过文章反对您,尽管我在所有那些大论文、小论文和信件里像二乘二等于四一样地证明了您没有 —— 而且也从来没有过任何才能,证明您甚至已经忘记了祖国的语言,证明无知从来就是您的特点,而现在您已经完全力竭智穷,衰老不堪,简直变成一块破布啦!"

作家不动声色地对批评家说:

"您写过许许多多大小文章来反对我,这毫无疑问,可是您知道一篇关于狐狸和小猫的寓言吗?狐狸诡计多端,而它到头来还是落网了;小猫只会一招儿:爬树……而狗却抓不住它。我也是这样：我只用一本书就把您彻底击溃了，作为对您所有文章的回答；我给您聪明的脑袋上扣上了一顶小丑的尖帽子——让您戴上它在后代人面前出风头吧。"

"后代人面前！"批评家哈哈大笑说，"好像您的书会传给后代人似的！过上四十年，顶多五十年，谁也不会去读您的那些书啦！"

"我同意您的话，"作家回答，"不过这对我也足够了。荷马使自己的忒尔西忒斯①永世不朽；而对你们这些人，半个世纪也嫌多了。你们连小丑式的不朽也不配享受。再见啦，先生……您说要我称呼您的姓名？恐怕不必要了吧……我不说，人家也都能叫得出呢。"

1878年6月

---

① 又译瑟息替斯，希腊神话中的人物，荷马把他描写在《伊利亚特》中。

"啊，我的青春！啊，我的华年！"
—— 果戈理

"啊，我的青春！啊，我的华年！"我从前有个时候这样感叹过。然而，当我发出这声感叹时，我本人尚在青春华年。

那时，我只不过想要用一种忧伤的情感跟自己开开玩笑，公开怜惜一下自己，却暗自高兴。

现在我保持沉默，并不去为那些失去的东西出声悲伤……就这样，它们还是要经常不断地啃啮我的心，闷声不响地啃啮。

"嘿！最好是别去想它！"男子汉们这样说服我。

1878年6月

致×××

那是啾啾而鸣的燕子、活泼的小燕子,用细小而结实的喙为自己在坚硬的崖石上啄出一只小巢来……

那是你一点点儿地熟悉了别人的冷酷的家庭,习以为常了;我有耐心的小聪明人儿!

1878年7月

我在崇山峻岭间漫步

我在崇山峻岭间漫步，
沿着山谷和明亮的小河，
我的目光呀所到之处，
一切都对我把一件事儿诉说：
我曾被人爱！我曾被人爱啊！
其余的一切我全都忘怀！

树叶儿喧哗，鸟儿歌唱，
天空在我的头顶上辉耀……
云朵儿排成活泼的一行，
不知往哪里快乐地飞跑……

幸福如空气般把我围绕,
而心啊,对它并不觉得需要。

我被卷入 —— 被送入一阵浪涛,
它好似大海的浪涛般宽阔!
我心头是一片长驻的寂寥,
它已超越悲哀、超越欢乐……
我对我自己几乎不能理解:
我啊拥有着整个的世界!

为什么我不在那时去世?
为什么我俩后来还要留存?
岁月一年年来到……又消失 ——
但却什么也没有赐予我们,
让我们,比起那些愚蠢的安闲,
能够生活得更加舒畅、香甜。

1878年11月

当我不在人世时……

当我不在人世时，当原先是我的一切已散为尘埃时——啊，你，我唯一的友人，啊，我曾爱得如此深切，如此温情的友人，你，大约会比我活得更长久，——求你可别来到我的坟前……你在那儿是无事可做的。

请别忘了我……然而也别在每日的烦忧、快乐、困苦当中去记起我。我不想打扰您的生活，不想妨碍它，使它不能静静地流。但是，当你独自一人时，当那悄悄的和莫名的哀愁，那一切善良的心灵都那么熟悉的哀愁，向你袭来时，请你拿起一本我们心爱的书，在其中翻出那几页，那几行，那几句，就是——你可记得？——我俩常常一同为它们流出甜蜜的和无声的泪水的那些。

请你读完它，闭上眼睛，并把手伸给我……向一位不在场的朋友伸出你的手。

那时我将不可能用我的手去握住它了；我的手将在地下一动不动地平放着，但是我此刻高兴地想到，或许，那时你会在你的手上感觉到一种轻微的接触。

于是，我的形象将出现在你的面前，而你紧闭着的眼睑下流出的泪水，将和那些泪水，那些我为美所感动而曾经跟你在一起流过的泪水相似，啊，你，我唯一的友人，啊，你，我曾爱得如此深切，如此温情的友人！

1878年12月

沙　钟[①]

　　日子一天接一天痕迹全无地过去了，单调而急速。

　　生命令人觉得是在可怕地迅速地向前奔驰，迅速而无声息，像河水中面临跌落的瀑布的那段急流。

　　它均匀而平滑地漏走，像那只钟，那只死神雕像的一只干瘦的手中所握着的钟里的细沙。当我躺在床上而黑暗从四面八方裹住我时，我总是仿佛听见这种微弱而又从不间断的、流逝着的生命的沙沙声。

　　我对生命并非感到难分难舍，也并非丢不下那些我或许还能做完的事情……我感到可怕。

---

① 印沙漏，以瓶盛沙，不停漏出，借以计时，是西方的原始计时器，类似我国以滴水计时的铜壶滴漏。

我只能顺从，那座一动不动的雕像就立在我的床前……一只手拿着沙钟，另一只手举到我的胸口上。

　　于是，我的心在胸膛里颤动，冲撞。仿佛扑通扑通地急于把自己最后的几次搏动跳完。

1878年12月

我夜里起来……

我夜里从床上起来……我似乎觉得有谁在呼唤我的名字……在那儿，幽暗的窗外。

我把脸挨近窗玻璃，把耳朵贴在上面，凝神注目——开始等待。

但那边，在窗外，只有树林的簌簌声——单调而模糊——还有延绵不绝的烟黑色的云，虽然也在不停地移动和变化，却总是一个样子……天上没有一颗星，地上没有一点儿火光。那边也是寂寞而难忍啊……一如这边，我的心头。

但突然，远处不知哪儿传来一种怨诉声，接着，渐渐地增强和移近，发出了清细的人的话音，接着，又渐渐减弱了，静止了，一掠而过。

"别了！别了！别了！"我仿佛从它的忽起忽落中听见。

唉！这是我全部的过去，我全部的幸福，是我所珍惜所热爱过的一切、一切，它在永远地、不可挽回地与我告别！

我向我飞逝而去的生命俯首致敬，我躺在床上……如同躺在坟墓里。

唉，若真是躺在坟墓里，那就好了！

1879年6月

当我独自一人……

同 貌 人

当我独自一人，完全一个人，长时间一个人时，我会突然开始感到，似乎有那么一个另外的人跟我待在同一间屋子里，跟我并肩而坐，或是立在我的身后。

当我转过身去，或是突然把目光盯在我觉得那个人所在的地方时，我自然是谁也看不见的。那种他还在身旁的感觉消失了……然而过一小会儿这感觉会重新出现。

有时我双手抱头开始思索他。

他是谁？他是干什么的？他对我并不陌生……他认识我——而我也认识他……他好像是我的亲属……而我们之

间又隔着一道深渊。

我别想听见他一丝声音，一句话……他既无声息，也一动不动……然而，他却又是在对我讲话……讲着某些模糊不清的，不可理解的——而又熟悉的话。他知道我的一切秘密。

我并不惧怕他……但是我跟他在一起觉得不自在，我也不想有这样一位自己内心生活的见证人。尽管如此，我并不觉得他是一种另外的、非我的存在。

你莫非是我的同貌人？莫非是我的过去的我？然而这又是千真万确的：难道在那个人，那个使我想起自己的人，和此时此刻的我之间——没有一道深深的深渊吗？

但他并非是我能呼之即来的，仿佛他有自己的意志。

愁闷啊，兄弟，不论你，不论我，在那孤独的可厌的寂静中。

但是，请你等一等……当我死后，我和你——我的过去和现在的我——将会合而为一，我们将一同永远驰向那一去不返的众幽灵所在的疆域。

1879年11月

通向爱情的道路

一切感情都可能导致爱，导致激情，一切！憎恨、怜惜、冷漠、景仰、友谊、畏惧 —— 甚至是轻蔑。是的，一切感情……只除开一种：感激。

感激 —— 这是债务，每个人都可能摊出一大堆自己的债务来……但爱情 —— 不是金钱。

1881年6月

空　话

我害怕，并且避免说空话；然而怕说空话 —— 也是一种。

于是，我们复杂的生活就这样滚动和摇摆在这两个外来语，自负与空话①之间。

1881年6月

---

① 自负与空话的俄语分别为 претензия 和 фраза，前者源于拉丁语，后者源于希腊语。

纯 朴

纯朴！纯朴！人们称你为神圣。而神圣——却与人类无缘。

谦虚——这才对呢。它能践踏一切，它能战胜傲慢。但是别忘记：在胜利感本身之中已经有你自己的傲慢在内。

1881年6月

婆罗门[1]

婆罗门嘴里念着"阿门",同时眼睛望着自己的肚脐眼,他就用这种办法接近神灵。

然而在整个人的躯体上有没有一个什么别的东西恰恰比这个肚脐眼更有神性,而更少使人联想起人生之短暂呢?

1881年6月

---

[1] 婆罗门教和印度教的祭司。

你哭了……

你为我的痛苦而哭了；而我也由于感激你对我的怜惜而哭了。

然而要知道，你也是在为自己的痛苦而哭啊，只不过你是在我身上看见了它。

1881年6月

爱 情

人人都说，爱情是一种最崇高、最非凡的感情。一个陌生的我，深深地进入了你的我之中：你扩展了 —— 于是你毁灭了；这时你在肉体上痊愈了，你的我消亡了。然而有血有肉的人甚至对这样的死也愤愤不平。只有那些不死的神灵才会死而复活的。

1881年6月

真理与正义

"为什么您如此看重灵魂的不朽?"我问。

"为什么?因为那时候我就能掌握永恒的、显然的真理了……而在其中,据我理解,有着世间最伟大的幸福!"

"在对真理的掌握中?"

"当然啦。"

"请问:您能否想象这样的一个场景?几个青年人聚在一起,在互相交谈……突然跑进来一个他们的同学:他的眼睛闪耀着不寻常的光亮,他高兴得喘不过气,几乎讲不出话来。'怎么回事儿?怎么回事儿!''我的朋友们,你们听听,我认识了,多么了不起的,真理啊!入射角与反射角相等!或者还有这个事实:两点之间直线为最短!''真的吗?噢,多伟大的幸福啊！'年轻人全都喊叫着，深为感动地互相投入怀抱中！您不能想象诸如此类的场景吧？您在发笑⋯⋯问题就在这里：真理并不会带来幸福⋯⋯而正义则可以：这是人类的，我们尘世间的事⋯⋯正义和公正！为了真理可以去死。整个儿生活却全是建筑在对真理的认识上；然而，'掌握真理'这是什么意思？而且还能在其中发现幸福吗？"

1882年6月

沙 鸡

我躺在床上,遭受长年不愈、无可救药的痼疾的折磨,我想:凭什么我应该遭受这个?为什么惩罚我,我,偏偏是我?这不公平、不公平啊!

整整一窝儿小沙鸡 —— 约莫二十只 —— 聚集在茂密的麦茬地里。它们互相亲昵地紧贴着,翻啄着松散的泥土。它们是幸福的。突然它们被一条狗惊动了:它们齐心地一同飞起来;枪响了,沙鸡中的一只折断了翅膀,遍体受伤,落在地上,艰难地拖着一双脚爪,在蒿丛中挣扎。

当狗在搜寻它时,不幸的沙鸡或许也会想:"我们一共是二十只,都跟我一样……为什么偏偏是我,我会中枪弹,我应该死掉呢?凭什么我应该当着姐妹们的面遭受这个?这不公平啊！"

你就躺会儿吧，生病的东西，趁死亡还在搜寻你的时候。

1882年6月

Nessun maggior dolore[①]

蔚蓝的天，绒毛般轻轻的浮云，花的芳香，年轻的嗓子发出的甜蜜的声音，伟大的艺术创造的光辉灿烂的美，一张迷人的女性面庞上的幸福的微笑，和这两只神奇的眼睛……有什么用，这一切都有什么用啊？

每隔两小时，一小木勺该死的、毫无益处的药水 —— 这，就是现在所需要的东西。

1882年6月

---

① 意大利语，意为再没有比这更大的悲痛。

在劫难逃

"干吗这样呻吟?"

"我痛苦,非常痛苦。"

"你可曾听见过小河流水冲击石块的哗哗声?"

"听见过 …… 可是你怎么问起这个?"

"因为这哗哗声和你的呻吟都同样是一种声音,如此而已。只不过或许有这点儿差别吧:小河的哗哗声能使别人的听觉愉快,而你的声音却不能引起任何人的怜悯。你别忍住不哼,但是要记住:这全都是一种声音,声音,好像一株被折断的树木的吱嘎声 …… 全都是一种声音 —— 如此而已。"

1882年6月

呜——啊……呜——啊

我那时住在瑞士：我很年轻，自尊心很强，也很孤独。我活着觉得沉重而不愉快。什么也不曾见识过，我却已经厌烦了，灰心了，变成恶狠狠的了。世上的一切我都觉得渺小而卑俗——并且，恰像在一些非常年轻的人身上所常见的那样，我暗中幸灾乐祸地怀着一种……自杀的念头。"我要证实……我要报复……"我心想……然而证实什么？为何报复？这我自己也不知道。只不过我心头的血液在发酵，恰像是葡萄酒装在一只密封的容器里……而我觉得，必须让这些酒往外流，是时候了，应该砸碎这憋得难受的容器……拜伦是我的偶像，曼弗莱德①

---

① 曼弗莱德是英国诗人拜伦同名诗剧的主人公，剧中说他也是孤独地住在瑞士，厌恶人生，想要自杀。

是我的英雄。

一天傍晚，我，像曼弗莱德一样，决定去那儿，去群山之巅，去那比一条条冰川更高的，远离人类的地方，那儿甚至连草木也不生长，那儿只有死寂的岩石重重堆叠，那儿一切的声息都已凝滞，那儿甚至听不见山中许多瀑布的声浪。

我打算去那儿做什么……我不知道……或许，去结束自己……

我出发了……

我走了很长时间，起先走大路，后来走小道，不停地向高处攀登……越登越高。我早已经走过了路旁的最后一些小屋，最后几棵树……石头——四周只有石头，——附近有积雪，但我还没有看见它，只觉一阵凛冽的寒气袭来——夜的阴影从四面八方黑压压地一簇簇向我涌来。

我终于停下来不走了。

多么吓人的寂静啊！

这是死神的国度。

而我是这儿唯一的、唯一的活人，怀着我自己一切高傲的痛苦、绝望和轻蔑……一个逃离人生，不想再活下去的，活着的，有知觉的人。隐秘的恐惧使我浑身冰冷，然而我把自己想象成一个伟大的人!……

曼弗莱德 —— 丝毫也不差!

"一个人!我一个人!"我反复说,"一个人面对死亡。难道还没到那个时辰? 对……到了。永别啦,微不足道的世界。我要一脚把你踢开!"

而突然,恰在这一刹那间,一个奇特的,我不能立刻分辨的,然而是活的……人的声音飞到我的耳边……我震颤了,仔细听下去……这声音又响了一次……啊,这是……这是一个婴儿的,吃奶孩子的哭声!……在这个空寂的、荒野的高处,这个一切生命都似乎早已永远死灭了的地方,婴儿的哭声!……

我的惊异骤然间变成了另一种感情,一种透不过气来的欢乐感情……于是我飞奔而出,急不择路,一直向这个哭声,这个柔弱的、可怜而又是拥有起死回生之力的哭声奔去!

马上,我眼前闪现出一个摇曳不定的小火光。我跑得更快了 —— 过不多久,我看见一间矮小的农家茅舍。石块垒成的,低低地压着一层平屋顶,这种茅屋是供阿尔卑斯山上的牧羊人避几个星期的严寒用的。

我一把推开半掩的房门,便闯进了茅屋,仿佛死亡踩着脚后跟在追赶我似的。

　　一位年轻妇女坐在一张小凳上给一个婴儿喂奶……一个牧人,大约是她丈夫吧,跟她并肩坐着。他俩都定定地望着我。然而我却一句话也讲不出……只顾微笑,点头……

　　拜伦、曼弗莱德、自杀的幻想、我的傲慢和我的伟大,你们都躲到哪儿去了……

　　婴儿不停地在啼哭——我祝福他、他的母亲和她的丈夫……

　　噢,一个人类的,刚刚出世的生命的热烈的哭声,你使我死里回生,你使我摆脱了迷途!

1882年11月

我的树

我收到一个过去大学同学的来信,他是个有钱的地主、贵族。他请我到他的庄园去。

我知道他长期卧病,双目失明,患着瘫痪症,几乎不能行走……我上他那儿去了。

我恰好在他宽阔的花园里一条林荫道上遇见他。他裹着一件皮大衣——而这却是夏天,——形容枯槁,身体佝偻,眼前撑起一把绿色的遮阳伞,坐在一只不大的轮椅上,由两个身穿华美制服的家仆在后面推着……

"欢迎您,"他用一种好像死人从坟墓里发出的声音低声说,"在我的世袭的领地上,在我的古树浓荫下。"

他的头顶上是一株绿荫如盖的精壮的千年大橡树。

于是我想:"千年的巨人啊,你可听见了? 一条半死不活的蛆虫,在你的树根下爬行,他还要把你叫作自己的树呢!"

　　而这时飘来一阵轻风,它吹过这巨人的稠密的叶子,引起一阵轻微的簌簌声……我好像觉得,是老橡树在用善意的平静的笑声回答我的想法 —— 也回答病人的夸耀。

1882年11月